陰キャだった俺の青春リベンジ
3
天使すぎるあの娘《こ》と歩むRe▶ライフ
慶野由志
ill たん旦

試合中の紫条院さんは、
ピクリと反応したかと思うとすぐに俺のいる方向へと振り向いた。
そして——その大きな瞳がこちらを向いた瞬間、
紫条院さんは張り詰めた真剣な表情から一転して、
とても嬉しそうな花咲く笑顔を見せたのだ。

「身体が砂糖でできている女の子に
これ以上の特効薬はありません！」
「た、確かに甘い物を食べると
問答無用で元気が出ます……！」
筆橋 舞
身体を動かすことが趣味の陸上部女子。
妄想力はちょっと強め。

Kazamihara Mitsuki
風見原 美月
クールに見えてマイペースなクラスメイト。
まだ自分の気持ちに気付かない春華を
温かく見守る。
Shijoin Haruka
紫条院 春華
天真爛漫でライトノベルが
好きな美少女。
最近は新浜とのメールで
つい夜更かししてしまうことも。

「ひゃ……っ!?」
「――――」

無慈悲な事に脳は正気を取り戻し、
俺にこれが現実だと告げてくる。
俺の憧れの少女——紫条院春華が素肌を晒した状態で、
自宅の洗面所に立っているのだと。

第3巻も、
あーん

陰キャだった俺の青春リベンジ3

天使すぎるあの娘《こ》と歩むReライフ

慶野由志

角川スニーカー文庫

23350

CONTENTS

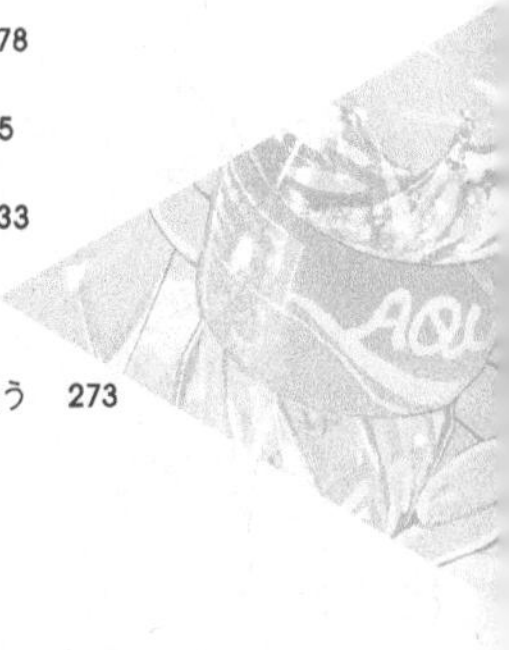

illustration by たん旦
design by 小久江 厚（ムシカゴグラフィクス）

プロローグ　あの娘にメッセージを

「う、うううううううううう……」

俺こと新浜心一郎《にいはましんいちろう》は自室の布団の上に横たわり、携帯電話を凝視して苦悶《くもん》していた。

謎のタイムリープによって社畜から高校二年生へと意識が逆行し、十代の肉体と大人の精神を持つ特異な存在となった俺だが——そんな人生二周目の経験値をもってしても、目の前の問題はあまりに難解だった。

「ぐあああ……！　どうする……どうすればいい⁉」

誰もいない部屋で呻《うめ》き、ジタバタと布団の上を転がるが、解決策はまるで見えてこない。

俺が今こんなに悩んでいるのは、ただ一人の少女を想っての事だ。

紫条院春華《しじょういんはるか》——俺がこの世で一番好きな女の子。

真っ白な肌に大きな澄んだ瞳《ひとみ》を持ち、長く艶《つや》やかな黒髪を靡《なび》かせる美少女だ。

しかもその清楚《せいそ》な美貌《びぼう》に加えて胸の発育がとてもよく、学校内のどんな男子であろうと彼女を目の前にすれば動悸《どうき》が治まらなくなるだろう。

おまけに名家の令嬢であり、お父さんが大会社の社長であるという極めて多くの事に恵まれている彼女だが、その性格はとても純粋で天真爛漫《てんしんらんまん》で——澄んだ清流のような美しい心を持っている。

「そんでもって、俺は今日とうとう、学校で紫条院さんとメアド交換できた……。うん、それ自体は最高にグレイトな出来事だ。大金星と言ってもいい」

文化祭、一緒のテスト勉強、紫条院家への招待——様々な過程を経て俺はようやくメアド交換までこぎ着けた。

紫条院さんも『いっぱいメールを打って、いっぱいお話ししましょう新浜君！』と笑顔で応えてくれて、その時は天にも昇る心地だったのだが……。

「女の子に送る最初のメールって何を書けばいいんだ……!?」

それこそが、一時間以上も俺の頭を悩ませている大問題である。

俺はアホだ。紫条院さんのアドレスを聞き出しておきながら、当然その先にある難題を失念していたのだ。

入社面接をパスした程度で浮かれ、入社後の大変さを想像していない新入社員のようだ。

（前世でも女の子にプライベートなメールなんて送った経験ないもんなぁ……。本当に俺って恋愛面では元大人のアドバンテージがなさすぎる……）

しかも、今のこの『俺』は大人の記憶と経験を保持しているものの、感性は十六歳そのものなのだ。紫条院さんとこれからメールをやりとりするんだと思うだけで、心臓が高鳴って彼女の顔ばかり浮かんでくる。

そんな思春期真っ盛りモードなだけに、余計にメールの文面に悩んでしまうのだ。

「よし……ここは無心だ。何も考えずに素直にやってみよう」

そう、飾らずごく自然体なメールにすれば――

『紫条院様、新浜心一郎です。いつもお世話になっております。先日はアドレス及び電話番号を交換して頂きありがとうございました。ついては当方より最初のメールを作成しましたので送付いたします。ご多忙の事と存じますがお目通し頂ければ幸いです』

「って業務メールかああああああっ!!」

親しみの欠片《かけら》もない文面を削除して、俺は携帯を枕に叩《たた》きつけた。

畜生が……! 無心で何かするとすぐ社畜の呪いが出ちまう!

どうする? こういう事は香奈子《かなこ》に相談するか? いやけど……私服のチョイスとかはともかく、メールの文面くらい自分で考えたほうがいいような……。

しかし本当にどんな内容を送るべきだ? 短く簡潔に? 長くガッツリ? 軽く行くのがいいのか、それとも真面目な感じにすべきか……。

ああでもない、こうでもないと悶々《もんもん》として布団の上を転がる。

いくつも候補は挙がるが、どれも最適解とは言い難い。

「けど送る時間があんまり遅くなるのもどうかと思うし……さっきまで考えた候補を継ぎ接《は》ぎしてとにかく送ってみるか」

『こんばんは。新浜だけど初メールを送ってみた。どうかな？　ちゃんと届いてるかな？何かおかしかったらごめんな』

本当にこれでいいのかと何度も逡巡《しゅんじゅん》し、ドキドキしながら送信ボタンを押す。

そして――ぼんやりと携帯を見つめたままゆっくりと時間が過ぎる。

五分、十分、十五分……。

たったそれだけの時間が、とてつもなく長く感じる。

（いや……何で携帯を凝視してずっと返信を待ってるんだ俺……？　重たい彼女じゃあるまいし……）

まだ三十分も経ってないのだから返信がこなくても当たり前。

理性はそう言っているのに、心は全然落ち着かない。

待てば待つほど不安が胸に満ちていく。

返信が来ないのは自分のメールが紫条院さんを不愉快にさせたからじゃ？　やっぱりあの文面じゃ堅すぎたか？　いや逆に軽すぎた？　送る時間帯が遅すぎた？　普通すぎてセンスが足らなかった？　そんなメールにおける童貞思考のようなものが頭の中をグルグルと回り、俺が胸の内に不安を募らせていると――携帯の着信メロディが鳴った。

「き、来た……!?」

自分でも滑稽《こっけい》なほどに慌てつつ、携帯を操作して新着メールをチェックする。

すると——そこには紫条院さんが送信者となっているメールが確かに入っていた。

『メールありがとうございまーす！　ちゃんと届いてますよ！　なんだか家で新浜君のメッセージを見るのは不思議な気分になりますね！』

「……ははっ……」

たった数行の文面なのに、つい顔がほころんだ。

文字というのは不思議だ。

ネット掲示板や未来で普及していたSNSでもそうだが、誰かが自分に向けて書いたものはとにかく嬉しい。

そしてそれが、この世で一番好きな女の子によるものならなおさらだ。

(すぐに返信したいけど……昔読んだ雑誌に『男女間のメッセージはすぐ返信すると重たい奴と思われるのでNG！』って書いてあったし……ちょっと間を空けるか)

どれくらい待つべきなのかはよくわからなかったが、さしあたり十五分ほど待って返信を打ってみる。

『俺も家で紫条院さんとやりとりできるのが不思議な感じだよ。文字だといつも話す時と違ってちょっと緊張してるかも』

すると――一分と経たずに返信がやってきた。

『よかったです……返信が来てすごくホッとしました』

「え……？」

『メールの文面がなかなか決まらなくて、何度も書いたり消したりして送ったんですけど……どこか内容が変で、そのせいで返信を送ってくれないかもってとても心配でした。でも返信が来ると嬉しいですね(^-^)　本当にいつも話す時と違ってメールは緊張します(>_^)』

「…………」

その文面を見て、俺は想像した。

俺と同じように自宅で携帯を眺めながら、どんな文面にするかうんうん悩んでいる紫条院さんの姿を。

(天真爛漫な紫条院さんの事だからメールを送るのに緊張しないだろうって思っていたけど……俺と同じだったんだな)

俺と同様の緊張と難しさを感じてくれていたんだと思うと、携帯の向こう側にいる彼女をさらに身近に感じられたような気がする。

そしてそんな気持ちも、メールにまとめるには凄《すご》く難しい。

『実は俺も何度もメールを書き直したよ。だから紫条院さんから返信があってすごくホッとしたし……なんだか嬉しかった。ところでつかぬ事を聞くけど、紫条院さんは顔文字好きなの(・ω・)?』

返信はさっきよりも早かった。

『そうだったんですか！　こんなに何度も書き直したりするのは私だけかと思っていたのでなんだか安心しました！(^_^)　はい、筆橋《ふではし》さんがよく顔文字を使うので私も使ってみているんですけど……その顔文字すごく可愛いです！　使わせてもらっていいですか⁉』

緊張がどんどんほぐれてきて、俺たちのメールは加速していく。

『俺もすごく共感して安心した。顔文字は俺のものじゃないしどんどん使ってくれ。しかし顔文字は筆橋さんの影響なのか。女子ってどんな事をメールしあうのか全然想像がつかないな』

『ありがとうございます！　そうですね。普段風見原《かざみはら》さんや筆橋さんとのメールではどんな感じかというと――』

少女からの返信を告げる着信音が鳴ると、胸が高鳴る。

文面に悩むのは相変わらずだが、それも慣れてくると楽しいと思えるようになってくる。

（未来でチャットアプリがあれだけ流行《はや》っていた理由も今ならわかるな……。こうやって返事が嬉しくてメッセージの応酬が速くなると、メールだとちょっともどかしさを感じちゃうもんな）

紫条院さん
件名:こんばんは
新浜だけど初メールを
送ってみた。どうかな
ちゃんと届いてるか
何かおかしかったら
ごめんな
Re:こん
メールありが
ございまーす!
ちゃんと届いてま
よ!
なんだか家で新浜君
のメッセージを見る
のは不思議な気分に
りますね!
アプリ

そうして——夜がふけていくにもかかわらず、俺たちは覚えたてのメール交換の楽しさに夢中になり、何度も何度も電子の文をしたためた。

(俺のメールに紫条院さんがすぐに返信してくれるのが幸せすぎる……ああ、生きていて良かった……！　いやまあ、一回死んだけどさ！)

止《や》めどきがわからないメール交換が続き、俺は大好きな人からの返信が来るたびに心を躍らせてただ幸福感に浸った。

なので——その清いメール交換の裏で一人の父親が血涙を流す勢いで歯ぎしりし、親馬鹿由来の怨念《おんねん》を燃やしている事実は、この時の俺には知る由もなかったのである。

＊

私——千秋楽書店の社長である紫条院時宗《ときむね》は、自宅の高級椅子に身を沈めていた。

本日は早々に帰宅して自宅のリビングでくつろいでいるところなのだが……ふと見ると娘の春華がソファに腰掛けて携帯をいじっているのが目に入った。

(ふふ、やはり私の娘は世界一可愛いな)

妻の秋子《あきこ》も掛け値なしの美人であり、高校生の娘がいる年齢になってもなお見惚《みと》れるほどだが、春華もまた妻から受け継いだ美麗な容姿を持っており、親としては心配の種になるほどだ。

（最近は本当に楽しそうな表情が増えたな。実にいいことだ……）

以前は『高校生になったのに全然友達ができなくてアドレスが増えません……』と気落ちしていたが、最近は女友達も増えたようでよくメールを打っている姿を見かける。

それは娘を愛する一人の父親として望ましい事だった。

春華は誰かと楽しく喋《しゃべ》るのが大好きなのに、家柄や美貌のせいで同性から敬遠されがちというジレンマを抱えていた。だが、それもここにきてようやく良い方向へ向いてきたようだ。

うむ、やはり女の子は女の子同士でキャッキャしているのが一番良い。

男なんぞ近寄ってはいけないのだ。

そんな事を考えながら私が機嫌良くコーヒーカップを傾けていると――

「もう……新浜君ったら……」

「ぼふぉっ⁉」

そんな呟《つぶや》きが耳に届いて、口からコーヒーを吹き出しかける。

思い出すのは、先日ウチに遊びに来た少年の姿だった。この紫条院時宗を前にして娘さんが好きですと堂々と言い切るなど、高校生らしからぬ胆力を持つ奴だったが――

な、なんであの小僧の名前が出てくる⁉　それもそんなにこやかな笑顔で……っ！

「？　どうかしたんですかお父様？」

「い、いやなんでもない……ちょっとむせただけだ」

社長スキルのポーカーフェイスで平静を装うが、心はまるで穏やかではない。

「な、なあ春華……もしかして今メールしている相手は新浜君なのか？」

私の早とちりで、単に女子の友達とのメールの中で新浜少年の話題が出ただけという可能性を探ってみるが――

「はい！　アドレスを交換したばかりなんですけど、夕方から何回もメールを送りあっているんです！」

笑顔で肯定されたよ畜生！

あんの小僧……！　いつの間に春華とアドレス交換なんぞしおった⁉　なんという破廉恥な真似を……！

（という事は……春華は学校のみならず家に帰ってからも私の目の前で彼とお喋りしていたのか！　くそ、文明の利器が憎い……！）

しかし……一体どんなメッセージをやりとりしているんだ⁉

彼が春華に特別な感情を持っている事は、先日この家に訪れた際に自分で赤裸々に語っていた。

とすれば……そのメールの内容はやはり……。

『なあ、紫条院さん。もう俺は友達っていう関係には満足できないんだ。という訳で今度デートに行かないか？　二人っきりで海とかさ。俺と一夏の思い出を作ろうぜ☆』

『今度の休みさ、俺の家だれもいないんだけど遊びに来てくれよ。なあ、いいだろ？　大丈夫、何もしないからさ！　あ、でも遅くなるかもしれないから家族には女子の友達の家でお泊まり会って言っといてね♪』

あん畜生がああああああああああああああああ！

コロス……！　市中引き回しにした後で打ち首獄門の刑に処してやる！

と、つい妄想上の新浜少年のメールに憤慨してしまうが――

（……い、いや……落ち着け……いくらなんでも想像力がたくましすぎだ）

頭の辛うじて冷静な部分は、あの少年がそんなチャラさ全開の大学生みたいな奴ではないと理解している。

だが男とは理屈ではないのだ。

真面目で大人しい男が狼に変貌《へんぼう》するなんてよくある話で、ましてや天使すぎる春華を前にしては理性なんていつ吹っ飛んでもおかしくない。

たとえそこまでは行かなくてもアクセルはかかるものだ。

（何せ私がそうだったからな……。秋子を紫条院本家の屋敷の外に連れ出してデートするためにこっそり電話したり時代劇よろしく投げ文なんかしたりと……若かった）

私が脳内を忙しくしていると、春華の携帯の着信メロディが鳴った。

どうやら新浜君から返信がきたようだ。

「ふふ……可愛いです……（顔文字が）」

『可愛いです』って何だ!?　そしてそのニマーっとした笑みはなんだ!?　あの小僧は一体どんなメールを送ってきたんだ!?

「あー……その……春華……」

「はい？　どうしたんですかお父様？」

キョトンとした表情で春華がこちらを見る。

つい声をかけてしまったが、私は口をもごもごとさせるばかりだった。

「いや、その……」

本音を言えば彼からどんなメールが送られてきているのか検閲したい。

もしちょっとでも不埒《ふらち》な事が書いてあれば、今すぐ春華の携帯から電話をかけて『春華かと思ったか!?　私だよ小僧ぉ！』と浮かれきった新浜少年の肝に冷たいツララをぶっ刺してやりたい。

とはいえ……そんな行為はNG中のNGだという事はいくらなんでも理解している。

ただでさえ最近の春華は天然さはそのままに自分の意見をしっかり言うようになり、怒るべきところは怒るようになったのだ。

メールを確認したいなんて言ったら、しばらく口を利いてくれなくなるかもしれない。

結果として私は何も干渉できず……口惜《くや》しさに歯ぎしりするしかない。

「まあ、なんだ……メールする友達が増えてよかったな……」

「はい！　最近の私はとっても幸せです！」

我が娘ながら天使そのものの笑顔が眩《まぶ》しすぎる。

どうしてこの子はこんなにも可愛いのだ？　神に寵愛《ちょうあい》されすぎでは？

「そうか。それは良かったな……。だが、あんまり夜更かししないようにほどほどにしておきなさい」

「あ、確かにもうこんな時間ですね。じゃあ続きはベッドに入る支度をしながら自分の部屋でやります！」

そう言うと、春華はリビングを出て自室へ行ってしまった。

そして残るのは、娘に男の影がくっきり出てきた事に肩を落としまくる私のみだ。

……いや、もう一人いたか。

「『そして……メールを見せてくれなんて言おうものなら確実に『お父様最低です！』を食らうと悟っているパパは結局何も言えず、娘が部屋に戻ってさらなるイチャイチャメールを続行するのを知りつつ、ただほぞを嚙《か》んで見送るしかなかったのである……』」

「妙なナレーションを入れるな秋子ぉ！」

「うふふ、ごめんなさい。時宗さんの寂しそうな背中が可愛くてつい♪」

いつの間にリビングに入ってきていたのか、声真似までして実況する妻はやたらとニヤニヤしていた。

ええい、こいつめ！

この間の新浜少年の訪問の時と同じく私の狼狽《ろうばい》ぶりを楽しみおって！

「あはは、でも我慢して何も言わなかったのはナイスよ時宗さん。まあ、春華は特にぽややんとしているから過保護になるのもわかるけど、あの子も成長しているんだからしっかり見守りましょうよ」

いつまでも二十代のように若々しい姿を保つ妻が、私のそばで機嫌良さそうに言う。

「む……まあ確かに最近の春華は全てが良い方向に向かっているとは思うが……」

「でしょう？　これは私の勘なんだけど……きっと新浜君はあの子の未来を良い方向に変えてくれると思うわ。紫条院の家って何故《なぜ》か金運と良縁に恵まれていて、苦難が襲ってきてもそれを救う人が現れて繁栄しちゃう家系らしいし」

「ああ、なんか婿入りした時にそんな話をされたな……」

紫条院家は長い歴史の中であらゆる形で苦境に陥ったが、ある時は苦難の原因が突然消え去ったり、またある時は全てを解決する救いの主が現れたりと、たびたびご都合主義なまでの幸運が舞い込んで、危機を脱してきたらしい。

なので、私が秋子と結婚して紫条院家に婿入りし、傾いた紫条院グループ関連企業の立て直しを成した時は、親族たちから『本当に救い主が来た……』『あの与太話がまさか現実になるとは』などと妙なリアクションをされたものだ。

「しかも本家直系の人間は、総じて運命の人としか言いようがないほど相性のいい人と巡り会って結婚するらしいしね！　私がそうだったし、春華にとってもあの新浜君がそうなんじゃないかーって期待してるの！」

笑顔の妻が暗に『貴方《あなた》が私の運命の人だった』と言ってくれるのは年甲斐《としがい》もなく嬉《うれ》しくなるが……娘の結婚を今から想像させるのはやめろぉ！

「嫌だあああああ！　春華が『この人と結婚します！』とか言って男を連れてきたら私は死ぬ！　血管が切れて憤死して、涙で脱水症状になってまた死ぬ……！」

「まあ死んでばっかりで大変ねえ。でも春華ってああ見えて燃え上がると一直線だと思うから高校卒業したらすぐゴールインしたりして……ああ、最近の若い子ならできちゃった婚もあり得るのかしら？」

「やめろおおおおお！　これ以上私の心を滅多刺しにするなあああああ！」

笑顔で嬉々《きき》として語る秋子に、私は半泣きで叫んだ。

一章 球技大会の記憶と運動音痴の奮闘

公園の空に天高く舞い上がったソフトボールが、重力に引かれて落下する。

今度こそ、今度こそ落とすまいと俺は走る。

落下予想地点まで全力でダッシュ。走って、走って——ボールの落下に合わせて左手に付けているグローブを必死に突き出す。

だが——

「あ……っ！」

ソフトボールは伸ばした手から逃れ、地面にバウンドする。

まるで、必死に動く俺をあざ笑うかのように。

「くそ、またか……！　こんなんじゃ本番は……」

その無残な結果を眺めて、俺は悔しさがこもった声をもらした。

畜生が……ド畜生がっ！

なんでこんなにも、運動って奴は努力の効果が薄いんだ……！

「くそぉ……！　球技大会なんて大っ嫌いだ……！」

ジャージに身を包んだ俺の怒りと悲哀に満ちた声が、休日の公園に響く。

そもそも、どうして俺が休みの日にこんなところでソフトボールの練習なんかをするハメになったのか——

その原因は三日前にふと俺の脳裏に蘇《よみがえ》った、忌まわしい記憶にあった。

＊

その日の昼休み、教室内で俺は紫条院《しじょういん》さんと他愛《たわい》もない事を話していた。

「それでですね、風見原《かざみはら》さんが『紫条院さんはたけのこチョコが好きですよね？　きのこチョコなんて邪悪な派閥じゃないですよね？』って真剣な顔で聞いてきたんです。そしたら何故かそれを聞いていた周囲のクラスメイトも妙にそわそわと反応していて……」

「あー……うん、そわそわしていた奴らの気持ちはわかる。それで、紫条院さんは何て答えたんだ？」

ちなみにきのこチョコとたけのこチョコとは、長年どっちが美味《おい》しいかで大論争を繰り広げているロングセラーのお菓子だ。

リアルでもネットでも『きのこは食べやすいけど、たけのこは手が汚れる』『たけのこはきのこにはないクッキー生地が美味しい』と絶えず戦争が起きているため、学校一の美少女がどっちの陣営なのかは皆も気になったのだろう。

「はい、それが……『チョコならパンダのマーチが好きですっ！』て答えたら何故かみんな優しい顔になって、風見原さんからは『くだらない争いに巻き込もうとしてすみません……そのままのピュアな紫条院さんでいてください』って頭を下げられてしまったんです……」

「うん……俺も風見原さんと全く同じ気持ちだ。紫条院さんはそういう純粋な気持ちを忘れないでほしい」

「？？？」

思わずほっこり顔になってしまった俺に、紫条院さんが不思議そうな表情を浮かべる。

ああ、俺の好きな人は今日も可愛《かわい》いなあ。

「それにしても……そろそろ一学期も終わりだな」

「ええ、早いものですよね」

そう、俺が今世で二度目の青春を開始してから、本当にあっという間だった。

そしてその短い時間に俺と紫条院さんは大分お近づきになれたのだが、先日の紫条院家訪問やメアド交換を経てからはさらに気安くなれたように感じる。

「もうすぐ夏休みだよな。来週の球技大会が終わった直後か」

球技大会とはクラス対抗のイベントであり、ウチの学校だとソフトバレー、ソフトボール、バスケ、卓球の四種で学年別リーグを競い、最も勝ち数が多いクラスが優勝となる。

体育祭などと比べてクラスみんなで戦うという面が強く、ウチのクラスは運動部が多い事もありそれなりに良い成績が残せるだろう。

「ええ、楽しみです！　みんなで頑張って一番を目指すのはなんだかいいですよね！」

文化祭でもそうだったが、紫条院さんはこういうみんなで団結するイベントが好きなようで、やや興奮した様子で言う。

「確か新浜《にいはま》君はソフトボールでしたよね！　ケガしないようにお互い頑張りましょう！」

「ああ、そうだな。まあともかく邪魔にならない程度にがんば――……っ!?」

その時、俺の脳裏に突如フラッシュバックする光景があった。

俺に向かって落下するソフトボール。

無我夢中で突き出すグローブ。

無慈悲にグラウンドをバウンドするボール。

熱い声援を送っていたクラスメイトたちが静まりかえる様――

「あ……あああああああああああっ!?」

思い出した……！　いや、今気付いたと言うべきか……。

(間違いない……！　これから始まる球技大会ってあの時の奴だ……！)

「え？　え？　ど、どうしたんですか新浜君⁉」

「あ、ああ、いやごめん、ちょっと思い出した事があって……」

目を白黒させている紫条院さんにとりあえず取り繕うが、俺の頭はあの時の記憶でいっぱいだった。

俺のせいで優勝を逃し、クラスの興奮に水をぶっかけたあの時の――

「その……紫条院さん」

「はい？」

「紫条院さんが参加しているのはソフトバレーだけど、昼過ぎくらいに終わるよな？　という事は……やっぱりその日最後の試合であるソフトボールは見に来るんだよな……」

「ええ、もちろんです！　新浜君の事を応援させてもらいますね！」

「そ、そうか……うん、ありがとう……」

屈託のないピュアそのものの笑顔に、俺は極めて苦い面持ちで言葉を返した。

そのいつも俺に多幸感しか与えない笑みが、今だけは苦悩を限りなく加速させる。

このままいけば――俺は失態を晒《さら》す。

他ならぬ、俺の大好きな女の子の前でだ。

＊

公園の芝生の上に座りこんで荒い息を吐《つ》き、俺は晴れ渡った空を見上げる。

「くそ……流石《さすが》に一朝一夕では上手《うま》くならないか……」

本来こんな練習をする気はなかった。

球技大会は前世同様に俺の中で特に重要なイベントという訳ではなく、自分のできる範囲でクラスに貢献できればそれでいい——そう思っていた。

「けどあんな事を思い出してしまうとなあ……」

俺が思い出した前世の記憶とは、次のようなものだった。

球技大会最終日——俺たちのクラスと相手のクラスは勝ち点トップ同士であり、優勝決定戦とも言える勝負となった。

そしてその最後の種目こそ俺が参加しているソフトボールであり、今世と同じくポジションはライトだった。

最終日の最終種目にして優勝決定戦。

そんなカードに人が集まらない訳はなく、俺たちは大勢の観客の視線に晒されながら試合を進めた。

そして——ウチのクラスが1点リードして迎えた最終回。

ランナー二、三塁だがツーアウトであり、まさに最後の打席だった。

(だんだん詳細に思い出してきたけど……あの時は盛り上がっていたよなあ)

なにせ他の競技が全て終了した上での最終戦なので、観客の数がまず多かった。

しかも皆夏の熱気に当てられたように盛り上がっており、『あとひっとり！　あとひっとり！』『しまっていけよー！』と声援も凄《すご》くて……紫条院さんも『もう少しです！　がんばってくださーいっ！』って声を出してくれていたっけ……。

そして、その最後の打球はよりにもよって俺の頭上へと舞い上がった。

平凡なライトフライ——それを見て相手のチームは目を覆い、俺たちのクラスの多くは『よっしゃ！』と快哉《かいさい》を叫んだ。

だがライトを守っていたのは、球技が大の苦手なこの俺だった。

それまでの試合はライト方向にボールが滅多に飛んでこなかったのでなんとかなっていたが、最後の最後に飛来してきてしまったのだ。

焦りに焦りながらも必死にグローブを突き出してみたが——ボールは捕まる事なく地面に落ち、ウチは逆転負けを喫した。

相手のチームは『やりぃ！』『もうけもうけ！』と大喜びであり、勝ちを確信して沸き立っていたウチのクラスは一瞬で静まりかえってしまった。

あの時は……皆の視線に耐えられずにしばらく目を閉じたままでいたので、応援していた紫条院さんがどんな顔をしていたかはわからない。

けれど、彼女の興奮が冷めてしまったのは間違いないだろう。

（まあ、たかが球技大会だし、前世だってその後に周囲から責められた訳じゃない。そもそも今世においても同じ状況になるとは限らないけど……）

紫条院さんにしたって、ボールを落としたくらいで俺への好感度が落ちるなんて思っていない。だが——

「好きな子の前で無様を晒すなんて二度とごめんだ……！　絶対に上手くなってやるからなっ！」

男のくだらない見栄かもしれないが、それでも俺にとってそれは極めて重要な事だ。

紫条院さんの前ではできる限り格好付けたい……！

「せめてフライやゴロをしっかり捕れるくらいにはなっておかないと……！」

気合いを新たに、俺は立ち上がってボールを空高く放り投げた。

とにかくキャッチだ。

ボールをしっかりグローブで捕まえる感覚さえ摑《つか》めば……！

（そこだ……！）

タイミングを合わせて、グローブを広げてボールの軌道を遮る。

ただそれだけで、自動的にボールはグローブに収まるはず。そう信じて俺は必死にグローブを突き出してみるが――

ぽてんっ、ころころころ……。

俺の情熱とは裏腹に、ボールは捕まる事なく無情にも地面に転がった。

「…………………………」

俺は今世で青春をやり直し始めてから……様々な問題をクリアしてきた。

カツアゲヤンキーをメンタルの強さで撃退し、文化祭では会社で培ったスキルでプレゼンテーションも運営も成功させたし、期末テストは紫条院さんへの想いパワーで学年一位をゲットできた。

先日に至っては、あの紫条院時宗《ときむね》社長の圧迫面接をギリギリとはいえクリアした。

だがこればっかりは……学生時代からダメダメだったスポーツは……運動神経だけはいかんともし難い……！

と、胸中で嘆いたその時――

「あれ、新浜君？　何してるのこんなところで？」

「え……筆橋《ふではし》さん……!?」

突如背後から聞こえた声に振り返ると、クラスメイトのショートカット少女・筆橋舞《まい》がスポーツTシャツとハーフパンツを着てそこに立っていた。

文化祭で仲良くなったクラスメイトの一人で、明るくて気さくな性格とスポーティー系健康的美少女の魅力を兼ね備えており、男子からも女子からも好かれる奴である。

「いや、その……筆橋さんこそどうしてこんなところに？」

休日の公園でクラスメイトに会うとはまるで予想していなかった俺は、やや口ごもりながらショートカットの少女に問いかけた。

「え？　だってここって私にとっていつものランニングコースだもん。部活がない日もこうやって走ってないと落ち着かなくてさー」

「そ、そっか……筆橋さんは陸上部だったたな」

よく見たら筆橋はうっすらと汗で濡《ぬ》れており、夏用のスポーツＴシャツがぴったりと身体《からだ》に張り付いていた。……少し目のやり場に困る。

「それでさ、一体何をしていたの？　遠くから見えてたけど、ボールを上に投げては下に落ちるまで追っかけて見守る遊び？」

「んな訳あるかあああああ！」

何だその意味不明な遊びはっ!?

「休日の昼間っから一人でそんな事するか！　球技大会のソフトボールに備えてキャッチの練習をしてたんだよ！」

「キャッチの練習……？　え、でも真上に上がったフライなんて普通にグローブを出せば捕れるよね？」

「ぐっ……捕れないんだよ！　何度やっても上手くいかないんだ！」

「…………………？？？」

「何を言ってるかわからないみたいな顔をするのはやめろぉ！　俺が心底可哀想《かわいそう》な生き物みたいじゃないか!?」

くそぉ……筆橋が俺を煽《あお》っている訳ではなく、本気でこちらの言っている事を理解できていない事に運動センスの格差を感じる……！

「……その反応からすると筆橋さんはソフトは得意なのか？」

「え？　うんまあ、中学の時はソフトボール部だったし、そこそこはできるよ？」

元ソフトボール部……！　マジか！

「なら、ランニング中に悪いけど、ちょっと遠くから投げるボールのキャッチを実演してもらっていいか？　ちょっと手詰まりで……」

このガラケー時代じゃスマホでソフトボールの参考動画を見る事もできないし、上手い人にぜひ手本を見せてほしい。

「私なんか特別上手い訳じゃないけど……ま、それくらいお安いご用だよ！　じゃあ、ちょっとグローブ借りるね！」

笑顔で快諾してくれた筆橋はグローブをはめ、ボールを持った俺からある程度の距離を取る。

「よし……じゃあ行くぞ！」

宣言して、天高くボールを投げる。

大きいフライをイメージしたコースだが……。

（あ、やべ、山なりになりすぎた……）

このままじゃ筆橋の頭上を越えていく——そう思った時、少女は走り出した。

慌てた様子のない冷静なダッシュで大きく後ろに下がり、ボールが落ちてくる地点で正確に止まったかと思えば——

パシッと小気味よい音が響き、ボールは当たり前のようにグローブに収まった。

「…………」

思わず真顔になってしまった俺に筆橋から「次いーよー！」と返球があり、俺は無言で第二投を放つ。模したのは、筆橋の右手を抜ける勢いのあるゴロ。

だがそれも筆橋はささっとその方向に駆けつけて、ゴロの行く手を遮るようにしてあっさり捕球。その後ファーストに投げるマネさえやってみせる。

また返球してもらい、今度は筆橋の左手に勢いのあるライナーを模した球を投げてみるが——スポーツ少女はすっと左へスライドして、それも簡単に捕まえる。

「ふう、こんな感じだけど参考になったー？　って、新浜君⁉　ど、どうしてそんな真剣な顔で近づいてくるのぉ⁉」

「筆橋さん……」

ズンズンと真顔で近づく俺に筆橋がちょっと狼狽《ろうばい》するが、それに構わずに俺は彼女へ接近し——

「頼むっっ！　どうか俺にキャッチのコツを教えてくれ！」

膝《ひざ》と頭をくっつける勢いで深々と頭を下げた。

「えっ、ちょっ、頭なんか下げないでよ！　わわ、なんだか散歩とかしてる人たちにめっちゃ見られてるしー!?」

「どうか頼む！　俺にはどうしても筆橋さんが必要なんだ……！」

「わあああ!?　なんか死ぬほど恥ずかしい事を言い出したー!?」

俺は必死だった。

おそらくこれ以上一人で練習しても目覚ましい進歩は得られない。

短時間で上達するには、今偶然にもこの場に現れた筆橋の助力を得るしか可能性はないのだ。

「タダでとは言わない……！　今後は俺のノートを最優先で貸す！」

「え……本当!?　新浜君が学年一位を取ってからみんなが奪い合いを始めちゃったあの完《かん》璧《ぺき》ノートを!?」

「ああ、それだけじゃない！　今度の中間テストが近づいたら予想をまとめた対策ノートも貸すぞ！　俺が期末テストで一位取った時もめっちゃ予想が当たったやつだ！」

「な、なにそれすごい……！　欲しいなんてレベルじゃない！」

授業中の居眠りが多い筆橋は目を輝かせる。期末テストの時は株で財産を溶かしたみたいな顔になっていただけあり、この提案は効果覿面《てきめん》のようだ。

「よぉしわかったよ……！　どうせ今日は予定なんてなかったし、この私が責任を持って新浜君を一人前のソフト選手にしてあげる！」

「おおおおお！　恩に着る……！　筆橋さんマジ救世主！」

俺が心から歓喜の表情を浮かべると、筆橋さんはむっふーっ！と得意気に胸を張った。頼られる事はまんざらでもないらしい。

「あ、でも勘違いしないでよ？　別にノートに釣られて引き受けた訳じゃないからね」

「え……？」

「新浜君は文化祭でタコ焼き地獄を一緒に突破した仲だし……普段から尊敬できる友達だから力を貸してあげたいの！　ノートの事がなくても返事はＯＫしかなかったから！」

「筆橋さん……」

まっすぐにそう言える少女の心に、俺は少なからず畏敬《いけい》の念を抱いた。

こういう裏表がなく爽《さわ》やかな気質《きしつ》は誰にとっても快いものだろう。俺の周囲にいる友達の中で一番交友関係が広いのも頷《うなず》ける。

「ありがとう……なんていうか、いい女なんだな筆橋さん……」

「んっふっふー！　……でさ、そんな風にしみじみと褒めてもらった後でなんだけど……」

「ん？」

「そのー……それはそれとして完璧ノートとかテスト対策ノートの優先権は普通に欲しいなーって……次の中間テストが赤点だと割と本気でヤバいの……」

カッコいいセリフの後にその『報酬をくれるのならすっごく欲しい』発言はやや恥ずかしかったのか、明後日《あさって》の方向を見ながら筆橋が言う。

「いや、それはもちろんいいんだけど……普段から勉強しておかないと、俺のノートを見てもそれだけで高得点を取れたりはしないからな？」

「わ、わかってるから！　正論でイジメないでー！」

ライフスタイルを完全にスポーツに傾かせている少女は、すごく耳が痛そうに言った。

＊

「それじゃあ筆橋コーチ！　どうかよろしくお願いします！」

「うん、まかせておいて！　引き受けたからにはガッツリやるから！」

俺が一礼すると筆橋は胸を反らして機嫌良く言った。

コーチという呼び方もまんざらでもないらしい。

「それじゃあ、早速新浜君の現状を見せてもらうね！　ボールをどんどん投げるからキャッチしてみて！」

「わかった！　俺の捕れなさっぷりは恥ずかしいけどしっかり見てくれ！」

気合いを込めて答え、俺は筆橋からダッシュで距離を取った。

お礼はするとはいえ筆橋に骨を折らせてしまうし、せめて真剣具合くらいは態度に出しておきたい。

「それじゃ行くよー！」

筆橋がアンダースローで投げたボールが、俺の頭上へと上昇する。

よし……さっきの筆橋の華麗なキャッチを参考にして――

(そこだ……！)

気合いは十分だったが、現実は甘くない。

落下してくるボールは俺が構えたグローブにかすりもせずに、情け容赦なく地面でバウンドする。

「んん……？　捕ろうとしても捕れてない……？　ま、まあ、気にしない気にしない！　次行こう！」

筆橋の明るい声に促されるままに、俺は「ああ！　もういっちょ頼む！」と答えてボールを転がすようにして返球する。

そうして――俺たちはフライ捕りの練習を何度も何度も繰り返した。

最初は明るかった筆橋の顔が、回数を重ねるたびに何かを悟っていくかのように深い沈痛を湛《たた》えるものになっていき――

「ごめんなさい新浜君……私、知らなかったの……」

とうとう十五回目が失敗した時、筆橋は自分の無知を恥じるかのように重苦しく口を開いた。

「ボールをキャッチするのって、ドアノブを開けるくらいに当たり前な人類標準搭載の機能だと思っていたの……！　こんなに……クレーンゲームのゆるゆるなアームみたいにキャッチができない人がいるなんて……！」

「悪意ゼロで人をめちゃくちゃに貶《おとし》めるなよ⁉」

俺の捕れなさぶりがよほどショックだったのか、自分がめっちゃ失礼な事を言っている自覚がゼロになっている筆橋に、俺はもの申した。

「俺だけじゃなくて運動音痴なんて大体こんなもんだよ。バレーでレシーブしようとしたら腕の側面に当たって床にボールが転がるし、テニスでサーブを打とうとすれば半分くらいの確率で空振りする」

「そ、そういうものなんだ……」

まるで異世界の常識を聞いたかのように、筆橋がゴクリと唾《つば》を飲む。

やはり運動センスがある人間には、こういう運動弱者の感覚が理解し難いようだ。

「ま、まあ、でも一応改善点は見えてきたよ。動きとかフォームとか色々と」

「え、マジか！　さすが元ソフトボール部！」

「そうだね……まずどうしたらいいのかと言うと――新浜君って最初っから全部ピーンって感じじゃない？」

「うん？」

「しかも腕をバッとしちゃうからバタバタになってるし、ボールのギュイーンが見えてないの。それとボールを捕る時もグイッ、バシッじゃなくてシュッ、バシッでいったほうが全然――」

「なんて⁇」

説明が感覚派すぎない？

「あーうん……確かにちょっと今のはわかりにくかったね。もう少し私の感覚に頼らない言葉にすると……」

ごほんっ、と咳払《せきばら》いして筆橋は続けた。

「腰をドンッとして身体《からだ》はピンとして、動く時に腕は出さずにボールがシュイーンって来るところをピンポイントでグローブをバッとするの。けどボールがグレープフルーツだから開き方はグワッと！」

「結局擬音が半分くらい占めてるじゃんかっ⁉」

「うぐ……っ、ご、ごめん！　実を言えばいつもこんな説明になっちゃって後輩の子たちからも今の新浜君と同じような顔をされちゃうの……！」

自覚があったらしい筆橋が申し訳なさそうに言うが、まあ確かにわかりにくい。某レジエンドな元プロ野球監督もびっくりの擬音率だ。

だがこれくらいなら――

「ええと……『構えている時は腰を低くしつつ上半身は真っ直《す》ぐで、腕はボールの落下地点に移動するまで出さない。そしてボールの落下する軌跡を見極めて捕るんだけど、ソフトボールはグレープフルーツみたいに大きいからグローブをしっかり広げる』……で合ってるか？」

「そ、そうそう、それそれ！　自分で言うのもなんだけど、よくわかったね⁉」

「まあ、ちょっとな……」

『ちょっと』とはもちろん社畜時代の経験である。

世の中にはこっちの理解を置いてきぼりにして好き勝手に話す人間も多く、俺は電話口や商談などでたびたび苦しめられた。

そう例えば――

『このマターは十分なアジェンダを練って結果にコミット』みたいな〝ビジネス用語使いまくり系〟。『俺はアレでそっちでちょっとコレやって向こうでアレコレして……！』みたいな〝代名詞だらけ系〟。『A社のB商品にですねっ！　Cの要素を入れてDの計画の後にEの販売方式でゆくゆくはFの目標にっ！』という〝言葉の洪水系〟。

他にも『早口すぎて何言ってるかわからない系』『話がふわっとしすぎ系』とかあるが、そういった意味不明な話を整理・翻訳するのは社会人の必須《ひっす》スキルだ。

今の筆橋みたいな『擬音連発系』なんて可愛《かわい》いものである。

「よし、じゃあとりあえずそれを意識してやってみる……！」

「うん！　あ、あとボールから目を離さないでね！　球技って本当にそれに尽きるから！」

「ああ！　それじゃ再チャレンジだ！」

やはり一人でやみくもに練習するよりも、デキる人間と一緒にやると解決への道が開きやすい。

下手《へた》くそな俺はせめて気合いを入れなければなるまいと、俺はグローブを手に取り気炎を上げた。

「うーん……惜しい……すっごく惜しいのに……」

「改善はされたんだけどなあ……」

　俺と筆橋は公園の草むらに座りこみ、休憩をとっていた。

　筆橋のアドバイスを取り入れて、意気も新たにキャッチの練習を再開したところ、その効果は確かにあった。

　飛んでくるボールに対してスタートが速くなったし、グローブを出すタイミングも適切になり、ボールの軌道を見極める事にも慣れてきた。

　だがグローブに当たりはしてもそのまま弾《はじ》いてしまったり、キャッチしたと思ってもこぼしてしまう事が多発したのだ。

「くそぉ……そうそう上手くはいかないか。みんなが当たり前のようにできてる事ができないのが悲しい……」

　みんなができる事だから、それを失敗した時は『どうしてあんなのを落とすの？』と周囲は不思議がる。場合によっては『お前、真面目にやってないだろ！』と言い出す奴が出てきて弁明を強いられる事もあり得る。

「まあまあ、私としては少し安心したよ？　文化祭で活躍したり期末テストで最高点だった新浜君でも苦手な事があるんだって」

「俺なんて苦手な事だらけだよ。褒めてくれるのは嬉《うれ》しいけど……その二つはただ頑張らないといけない理由があっただけなんだ」

そもそも文化祭にしても期末テストにしても、上手くいったのは人生二周目という恩恵に因るところが大きく、決して俺という人間が凄《すご》い訳ではない。

「正直、筆橋さんみたいに運動ができる人は羨《うらや》ましいよ。俺が運動神経抜群だったら人生違っただろうなって思うし」

晴れ渡った青空を見上げて、ついそんな愚痴を言ってしまう。

そう、今世ではともかく……前世の俺は運動ができさえすればと強く思っていた。

「ええー？　私は運動できるより頭がいいほうが断然羨ましいけど……それに運動ができるかどうかくらいで人生が違うっていうのは大げさじゃない？」

「いや……それが男子にとってはあながち大げさとも言えないんだ。何せ、それで一生の性格が決まってしまいかねないんだから」

「へ？　せ、性格？　たかが運動で？」

女子の筆橋には確かにピンとこない話だろう。

でも俺は、運動能力は人生に多大な影響を及ぼすと思っている。

「ああ、これはあくまで俺の偏見に満ちた意見だけど……小学校に入学した時に運動ができるかどうか。それが男子にとって凄く重要な事なんだ」

ある意味、人生で一番運動能力が重要視されるタイミングがそこだ。なにせ、最初のスクールカーストランクがその時点で決まってしまうのだから。

「小学生の男子たちは、とにかく運動能力でクラス内の偉さを決めるんだよ。かけっこが速かったり、ドッジボールが強かったりしたら周囲から『すげー！』『かっけー！』って褒められまくってクラス内での地位が高くなるし、本人も自信がついてどんどん明るい性格になっていく」

しかもこの流れは中学にも高校にも引き継がれる。

だから運動能力が高い奴は、学生時代の最初から最後まで陽キャなのだ。

「ええ……!?　で、でも、そういえば……小学生の時も中学生の時も、明るくて活発な男子は確かにみんな運動ができる人ばっかりだったような……」

「だろ？　それで運動ができない男子は周囲から『弱っちい奴』って位置付けにされるんだ。馬鹿にされたり軽んじられたりしてクラス内での地位は下になって、どんどん自分に自信がなくなっていく。俺も今はちょっとマシになったけど、ちょっと前までは口数が少なくて暗かったろ？」

「ふぇぇ……男子ってそういうふうなんだ……あれ？　でも逆に言うと新浜君は一体何があってそんなに明るくなったの……？　今じゃ暗いどころか、クラスのほとんどの人が認めるやり過ぎなくらいのエネルギッシュ男子だし……」

「そ、それはその……ちょっと一念発起してイメチェンしたんだよ……」

まさか運動音痴で陰キャだった青春をやり直し中の未来人ですとは言えず、俺は苦しい言葉で誤魔化す。

「ともかく、さっき性格や人生が決まるって言ったのはそういう事だよ。もちろん例外はいくらでもあるし、俺が勝手にそう思っているだけだけど……少なくとも俺はそういう体験をしてるから運動に良いイメージがないし、運動ができる奴は羨ましいんだ」

運動に関しては本当に忌まわしい記憶しかない。

かけっこで転んだり、ドッジボールで顔面にボールをぶつけられたり、サッカーで蹴《け》った足が空振りして倒れたり。

そのたびに周囲に馬鹿にされたり笑われたりした。

そして俺は次第に自信を失って、快活さが失われていった。

（あー……そっか……話してて気付いた……）

俺が暗くて弱々しい陰キャになってしまった要因は——他ならぬ運動能力の欠如から始まっている。

運動音痴故に小学一年生にしてカースト最下級に位置付けられた俺は、中学でも高校でもそこから這《は》い上がれずに周囲に怯《おび》え続ける青春を送った。

つまり俺は今、ある意味陰キャ人生の元凶とも言うべきものに挑んでいるのだ。

「それだあああああああ！」

「え!?　な、なんだ!?」

いきなりこちらを指さしながら叫ぶ筆橋に、俺は目を白黒させた。

「それだよ！　さっきからボールを捕る時、タイミングは合ってるのにどこか腰が引けてたの！　ボールから目は離していないのに、なんか怖いものを見るみたいに完全に直視できてない！　私の気のせいかと思ったけど……新浜君のそういうスポーツに対する苦手意識がプレイに出ちゃってるんだよ！」

「それは……」

言われてみれば、否定できない。

球技大会の記憶だけでなく、基本的にボールというのは集団球技の失敗ばかりを思い出させる。

そうした潜在意識が球技において最も大切なボールの直視を妨げているのなら、確かにかなり致命的だ。

「そうかもしれない……でもだとしても、それをどうやって克服すれば……？」

自覚さえすればあとは気合いの問題か？　いや、流石《さすが》にそれだけじゃ……。

「うーん……上手《うま》くいくかわからないけど、思いつく事はあるよ」

「えっ、マジか!?　さすがコーチ！」

「あー……うん、それで、ちょっと恥ずかしいけど、そのために聞きたい事があるんだけど……」

そこで筆橋は何故《なぜ》か頬を紅潮させ、言葉を濁す。

な、何だ？　なんでここで赤くなる？

「その、新浜君って紫条院さんの事……好きなんだよね？」

「なぁっ⁉」

ど、どうしてその事を⁉　風見原か銀次《ぎんじ》がバラしたのか⁉

「なんか凄く衝撃を受けてるけど……文化祭で二人がデートしていたのを見つけたの私だって忘れてるでしょ？　私もあの時はタコ焼き喫茶が大変で、それどころじゃなかったけど」

そ、そう言えばそうだった……！　くそ、あの時はめっちゃ慌てていたから、俺と紫条院さんが一緒にいた事なんて気にも留めていないと思ってたのに……！

「あれだけで確信した訳じゃないけど……それから二人をそういう目で見てたらやっぱりそうとしか思えなかったんだもん。天然の紫条院さんはわからないけど、新浜君は本気なんだろうなーって」

「ぐ……まあ筆橋さんなら言っても構わないか……。言うのは恥ずかしいけど認めるよ。俺は、その……紫条院さんが好きなんだ」

誤魔化すのは無理だと観念した俺は、その気持ちを口にする。

なんか最近の俺って自分の恋心をカミングアウトしてばかりのような……。

すると筆橋は「ふぁぁぁ……！　や、やっぱりそうなんだ……！　わぁぁ……！」と乙女らしくさらに頬を紅潮させる。

……なんで白状させられた俺よりそっちが照れているんだ。

「そ、そっかあ……うーん、仲の良い二人がそういう事情だって聞くとなんだかすっごくドキドキするよ……。ね、ねえ、もうキスとかしたんだよね？」

「いや、してないし……というかまだ付き合ってない……」

「…………は？　あの距離の近さで何をやってるの？」

「急に真顔になって責めるなよ⁉」

普段の筆橋らしからぬジト目はやめてくれ！

意気地無しと言われているみたいで辛い！

「まあ、それはいいとして……わざわざ休日にソフトボールの練習しているのも、もしかして球技大会で紫条院さんにカッコ悪いところを見せたくないからじゃない？　というか理由なんてそれしかないし」

「それは……はい、完全にその通りです。クラスのためとかじゃなくて、一〇〇%自分の好きな子へのカッコ付けです……」

やはり女子は恋愛が絡むと推理力が上がるのか、完全に図星を突いてくる。

あっさりと背景を看破された俺は、もはや正直に心中を語るしかない。

「よし！　それなら想像してみて！　紫条院さんが新浜君を応援してくれているところを！　好きな人にカッコいいところを見せたいって想いで頭をいっぱいにして！」

「え？　ど、どういう事だ？」

「文化祭で見せてもらったけど、新浜君って一度火が点《つ》くとどこまでも突っ走れる暴走機関車みたいな人でしょ？　だからあの勢いで『好きな人にいいところ見せるぞー！』って気合いをみなぎらせたら、苦手意識もちょっとは弱まるかも！　あと一押しが気合いで埋まるのってスポーツだとよくある事だし！」

　苦手意識を克服するために、恋愛という最も熱を帯びる感情を滾《たぎ》らせろと筆橋は言う。

　それは一見気休めに近い精神論だが……思い起こせば俺がいつもやってきた事でもある。文化祭の時も期末テストの時も、俺を衝《つ》き動かす動力源になったのは常に紫条院さんへの想いだった。

「よし……やってみる！　ボールを投げてくれ筆橋さん！」

「おっけー！　今度こそ上手くいくって！」

　さっきと同じように俺はその場から距離を取る。

　それにしても、ここまで親身になってくれるなんて本当に良い奴だな筆橋。

　一人では絶対に行き詰まっていただろうし、感謝しかない。

「位置についたね！　それじゃ行くよー！」

遠くから筆橋が宣言し、投じられたボールが公園の空を昇っていく。

そして俺は――腰を落とした姿勢からダッシュし、それを追う。

ボールを見定めながら落下地点を予想する。

(ああ……確かに言われてみればボールって俺にとって『怖い』ものだな)

ほんの数瞬の間、俺は思考する。

飛来してくる物体を怖いと思うのは本能だが、それとは別に俺はボールに対して忌避感を抱いている。

それはおそらく、筆橋が言う通り運動全般に対する苦手意識のせいであり、それは俺の中でかなり年季の入った根を張っている。

だがしかし――俺の青春に対する後悔も、紫条院さんへの想いもそれ以上に深いのだ。

(思い浮かべろ……イベント好きな紫条院さんが興奮して応援してくれている様を！　もしかしたら、俺へ名前付きで声援をくれるかもしれないし、活躍したら後で『凄《すご》かったですっ！』てテストの時のように褒めてくれるかもしれない！)

『カッコ悪いところを見せたくない』ではなく、『カッコ良いところを見せたい』という高校生らしいストレートな見栄を滾らせろ。回避ではなく攻めの気持ちだ……！

この時、俺は自分が想像以上に単純で恋愛脳の男なのだと悟った。

口の端が自然と緩む。

ボールへの忌避感が薄れ、降ってくるのは脅威ではなくチャンスだと人参をぶら下げられた意識が奮起する。

妄想上の紫条院さんの声援が、俺に必要だった後一押しの熱を与えてくれる。

白球が落下してくるのに合わせ、グローブを構えてじっと見る。

絶対にもぎ取ってやると睨《にら》み、最後まで目を離さない。

その軌道を見切って、焦らずにグローブを広く開く。

そして――

バンッ！　という軽快な音とともに、グローブに走る強い衝撃。

俺の手の中に、確かに白球は捕らえられていた。

「おっ……？　お……おおおおおおおおおおおおおおおおおおおっ！」

「や、やったああああああああああああああああああ！」

グローブの中にボールを見つけた瞬間、俺はもちろん筆橋もこちらへ駆けつけながら快《かい》哉《さい》を叫《さけ》んだ。

「凄い……！　凄いよ新浜君！　私なんかもう泣きそう……！　赤ちゃんが自分の足で歩き始めた時のお母さんの喜びってこういうものなのかな……！」

「ありがとう！　なんか最大級に失礼な事を言われている気もするけど、全部筆橋さんのおかげだ……！　本当に感謝する！」

客観的に見れば平凡なフライをキャッチできただけで、何も凄くないのだが、俺も筆橋も湧き上がる謎の感動に支配されていた。

頭が馬鹿になっていたと言ってもいい。

ああ、なるほど……これが漫画やアニメで飽きるほど見たスポーツ根性の感動か！　できない事が努力でできるようになる喜び……！

「さて、それじゃあ……次に行こっか！」

そして――ひとしきり感動を分かち合った後、筆橋は気合いを入れ直すかのようにそう言った。

「へ……次？」

「そう！　たった一球捕れただけじゃ仕上がりにはほど遠いよ！　フライもライナーもゴロもしっかり練習して全部完璧《かんぺき》に捕球できるようにしないと！」

うん、それはまったくもってそのとおりだが……。

「いや、けどそこまでやるとガッツリ時間を食うし、そんなに筆橋さんを手伝わせる訳には……」

「何を言ってるの！　今やっと新浜君が最初の一歩を踏み出したのに、ここで放置できる訳ないから！　グワーッと気合いを入れ直して！」

瞳《ひとみ》に炎を宿し、有無を言わさぬ強い口調で筆橋が宣言する。

なんか……普段と雰囲気が違う……!?

(こ、これは……さっきの謎の感動で体育会系として火が点いてる……!? 完全に後輩を指導する部活の先輩モードだ……!)

「さあ、行くよ！ どんなコースも完全にキャッチできるようになるまで特訓あるのみ！ あと私に対する返事は大声で『はい！』だけ！ ガンガン行くから覚悟してね！」

「は、はい……?」

「ダメ！ 声が小さいよ！」

「は、はぁぁぁいっ！」

即座にダメ出しが入り、俺は声を張り上げる。

完全に運動部のノリだ。

「よおおおし！ やるよ新浜君！ 頼まれた通り、君を一人前のソフトボール選手にしてあげるから！ はりきっていこう！」

気合いMAXの筆橋の声が響き、俺の頬に一筋の汗が伝う。

凄くありがたいんだけど……保《も》つのか俺……?

二章　一生懸命な汗だくの天使

週明けの球技大会当日。

クソ熱い炎天下の中、俺達はグラウンドに集合して整列していた。

そんな俺らを朝礼台から見下ろす校長先生のありがたい話は長く、この場に集まった生徒のほとんどはウンザリした顔になっていたが――

（とうとう来たな球技大会……この俺を前世の俺と同じだと思うなよ！）

気だるげな周囲とは裏腹に、俺は一人気合いに満ちた表情でこの時を迎えていた。

筆橋《ふではし》との特訓を経た俺はすっかり体育会系脳になっており、我ながら朝から思考が暑苦しいものになっている自覚はあった。

だが、この日に待ち受けるものを考えれば、これくらいの気合いとノリがちょうどいい。

なにせ、俺の記憶通りに事が進めば、最後の勝敗を分ける最高潮に盛り上がったタイミングで俺がミスして、全てを台無しにしてしまう運命が待っているのだ。

（あんな想いは二度とごめんだ……！　俺のところに飛んできた球は死んでもキャッチし

て、あのトラウマにリベンジしてやる！）

延々と校長先生のトークが続く中、俺は密《ひそ》かに拳《こぶし》を作って闘志を燃やした。

正直、あの特訓の日にやれる事は全てやった。

俺がやっとフライの捕球を成し遂げた後……筆橋はスポ根魂に火を点け、昭和のスパルタコーチと化したのだ。

とにかく数をこなせとばかりに投げ続けられるゴロ、ライナー、フライ。

そのいつ終わるとも知れないキャッチ地獄は、いかに俺に運動神経がないかを実感する作業だった。だがその分、捕球力とモチベーションは確かに向上したのだ。

（あそこまで手伝ってくれた筆橋には感謝しかないけど、あの日は体力が死んだな……まあ、楽しくもない机仕事の残業を延々とやり続けた時を思えば、メンタル的には全然辛くなかったけどさ）

その全ては、紫条院《しじょういん》さんにカッコ良いところを見せたいがため。

そのシンプルだが高校生男子としては何よりも優先すべき理由を胸に、俺は大いに気合いを入れていた訳だが――

＊

「……全っ然出番がないな」

午後を少し過ぎた頃の、試合と試合の間にある休憩時間。

グランド近くの木陰に腰を落として休んでいた俺は、複雑な気分でそう呟《つぶや》いた。

日程としてはたった一日しかないので、球技大会は朝から晩までぎっしりと試合が組まれている。

そしてウチのクラスのソフトボール班も、朝っぱらからすでに連戦をこなしているのだが……俺はと言えばただライトに突っ立っているだけで、いずれの試合も全然チームに貢献できていないのだ。

(いやまあ、確かに前世でも全然俺のところにボールが飛んでこなかったし、そもそもライトって比較的打球が来ないポジションだけどさ……なんかあれほど意気込んでいた分、肩すかしを食った気分だ……)

ちなみに、打席の方はボテボテのゴロが相手のエラーで一回だけヒットになり、その他は全て凡退した。バッティングは全然練習してないので、これはまあ仕方ない。

(それにしても……なんかチームメイトの連中は妙にノリがいいな？)

俺が入っているチームである男子ソフトボール班は、何故《なぜ》かえらく明るい雰囲気になっており、驚く程にチームワークが取れていた。

『まかせろ！　俺が捕るぜぇぇぇ！』

『ナイスぅ！　球走ってるぜ！』

『ドンマイ！　あとで打ちまくって倍返しだ！』

などと、誰がそう決めた訳でもないのに声かけがしっかりできているのだ。

どんな仕事や作業でもそうだが、こういったお互いへのポジティブな声かけは地味に重要だ。緊張もほぐれるし、咄嗟《とっさ》の連係がスムーズになって明らかにチームとしての機能は向上する。

実際、今イチやる気がなかったり、仲がさほどよくないクラスと試合するとその差は顕著であり、なんと今のところ全戦全勝を成し遂げている。

そして、気がつけばもう大会も終盤であり、次が最後の試合である。

（おかげで前世よりもさらにクラスの勝ち点が高くなってる気がするけど……どのみち男子ソフトボールで優勝が決まる展開は変わらなそうだな……）

そう考えると、緊張で胃が締め付けられるような感覚に襲われる。

まるで運命が俺の失敗を期待して、虎視眈々《こしたんたん》と準備を整えているような——

（クソ、そんな弱気な思考でどうする！　気分も入れ替えたいし、紫条院さんの応援にでも行こう！）

一休みを終えて汗を幾分か冷ました俺は、腰を上げて体育館へ向かった。

紫条院さんはソフトバレーに参加しており、この時間はまだ試合中のはずだ。

男子である俺が女子の種目を見に行くのはやや気恥ずかしいが、好きな子が奮闘しているのならば、せめて応援くらいはしてあげたい。

（ってうわ……!?　凄く人多いな!?）

体育館に入ると、バレーコートを取り囲むように大勢のギャラリーがいた。

女子も多いがそれ以上に男子が多く、なんだか皆一様に顔が赤くて熱っぽい。

（くそ、人垣ができてて試合が見えないし全然前に進めない……！　なんだこの花火大会みたいなギュウギュウ詰めは!?）

無理矢理通ろうとすると、周囲から非難するような視線を向けられてしまう。

さてどうしたものかと考えたその時――不意に腕が引っ張られた。

「こっちですよ新浜《にいはま》君。どうせあなたのお目当てはわかっていますし」

「え……風見原《かざみはら》？」

人混みの中で声をかけてきたのは、ミドルヘアのメガネ少女――風見原美月《みつき》だった。

文化祭からよく話すようになった奴の一人で、見た目だけなら清楚《せいそ》な文学系美少女のようだが、その実態は次に何を言うのか予想しがたいマイペース少女である。

「ちょ、おい。あんまり引っ張るなって！」

「いいから黙ってついてきてください。もう試合は始まってますし」

こちらの抗議を無視して、風見原は俺の手を引いてギャラリーの最前列まで連れて行く。

周囲の何人かから迷惑そうな顔を向けられるも、風見原は特に気にした様子はなかった。

「さて、到着です。ふふ、なんでこんなに観客が増えているのか、しっかりとその原因を目に焼き付けるといいですよ」

「へ……原因？　なんだそれ――」

ニヤニヤと意地の悪い笑みを見せる風見原を訝《いぶか》しむが、視線をバレーコートに向けた瞬間に、そんな思考は霧散してしまった。

バレーコートには紫条院さんが――懸命にボールを追いかける天使がいた。

白いTシャツ状の体操服とブルーのハーフパンツという装いの紫条院さんは、制服の時よりも腕や足を露出しており直視するのをためらうほどの艶《つや》がある。

長く美しい黒髪はポニーテールにまとめられており、白いうなじが露わになっているのもその色気に拍車をかけている。

だがそんな自分の状態を自覚していないのか、とにかくソフトバレーの試合には全力そのものであり、ダッシュもジャンプも力いっぱいだ。

そして、夏の気温の中でそんなフル稼働を続けていたら当然汗びっしょりで――

（う、うわぁ……！　ちょ、これ、やばいだろ……！）

汗だくになっているせいで、紫条院さんの体操服がぴったりと肌に張り付いており、下着こそギリギリ見えていないが相当に悩ましい状態だ。

しかも……ジャンプなどの激しいアクションをするたびに、その豊かな胸が悩ましく揺れており、男子の大切な何かに強烈なインパクトを与えているのだ。

「まったくあの無自覚汗だくエロ大和撫子《なでしこ》は……自分が国宝級の美少女だといい加減認識してほしいものです」

「エロ大和撫子ってお前……まあ、美人の自覚が薄いって点は俺も同意見だけどさ」

ん？　という事は……この大量のギャラリーは悩ましすぎる汗だく紫条院さん目当てに集まっている訳かよ！

くそ、女子はともかく男子どもは今すぐ全員体育館から追い出したい……！

紫条院さんの艶やかな姿が男に見られるのはなんだか凄《すご》く嫌だ！

「しかしここまで男子が集まってしまうとは……あの汗を集めてビン詰めにしたらめっちゃ高く売れるのでは？」

「お前は本当にもう……っ！　自分が女子高生だからってどんな変態発言しても許されると思うなよ⁉」

俺自身も男子高校生にオッサンの経験値がインストールされたような異質な存在だが、こいつも相当にフリーダムな奴である。前世ではあんまり交流がなかったからよく知らなかったけど、なんかウチのクラスは妙に濃い奴が多い。

「冗談ですって。まあ……ああやってたかが球技大会でも全力全開でやるのが紫条院さんの魅力だと思いますけどね」

「まあな……」

俺達は揃《そろ》って白球を追う紫条院さんへ視線を向けた。

ついその色っぽさに目が行きがちだが、真に注目すべきはその表情だ。

紫条院さんは、本当に真剣だ。

とてつもない美貌《びぼう》を持つ彼女だが運動能力はごく平凡であり、俊敏な方ではない。

だがそれでも、学校行事に過ぎないこの試合に、少女はまるで県大会でも戦っているように全力全開で臨んでいる。

今この瞬間の青春を全身全霊で謳歌《おうか》しようと、常に一生懸命なのだ。

「ふふ、惚《ほ》れ直しましたか？　というか定期的に惚れ直してます？」

「やかましい」

意地の悪い笑みを浮かべるメガネ少女に、俺は拗《す》ねるような返事をした。

こいつは俺の紫条院さんへの想いを知っているので、たまにこうやってからかってくるのだ。

「そういえば筆橋さんにソフトボールの特訓をしてもらったみたいですね？　同じ運動音痴としてそのやる気には感心しますが……その理由が春華《はるか》の前でカッコ悪いところを見せたくないってのがピュアすぎてもう聞くだけでご馳走様《ちそうさま》って感じですが」

「……ピュアすぎて悪かったな」

　冷静に聞けば、特訓の理由が甘酸っぱい中学生のようでなんとも恥ずかしい。

　なおもニヤニヤ顔を崩さない風見原の視線を受け、俺はつい羞恥《しゅうち》に顔を逸《そ》らした。

「俺だって並程度に運動能力があったら特訓まではしなかったさ。正直、運動ができる奴が羨《うらや》ましいよ。スポーツで活躍するとわかりやすくカッコいいし、野球部やサッカー部がモテるのもわかるわ」

「え……？　そりゃ運動できる生徒が目立つのは同感ですけど、文化祭でほぼリーダーをやってたり、期末テストで一位取ったりとめっちゃわかりやすい活躍している新浜君がそれを言うんですか？」

　俺がぼやくと、風見原は何故《なぜ》か呆《あき》れたような視線をこちらへ向けてきた。

「は？　いや、あんなの単なる学校行事とかの事だろ。みんなも俺の事をある程度認めてくれたとは思うけど、誰もカッコいいなんて思ってないだろうし」

　確かに文化祭でも期末テストでも相当目立ちはしたし、クラスに貢献して俺の地位や発言力みたいなものが上昇したという自覚はある。

　だが、それとカッコ良さ……他人を惹《ひ》きつける人間的な魅力とはまた別の話だろう。

「えぇ……どうしていつもそう自己評価がミジンコ並みに低いんですか新浜君は？　筆橋さんだって新浜君だから特訓に付き合ってあげたんでしょうに」

ミジンコってお前……いや、まああながち間違ってないかもな。

人生の殆《ほとん》どを後悔ばかりにしてしまった俺は、常に自己嫌悪を抱えている。この二周目人生で過去に取りこぼしたものを一つずつ拾っているにせよ、そう簡単に自分を肯定する事はできないのだ。

「っと、ちょっとウチのクラスが劣勢だな。しっかり応援しようぜ」

相手のチームに女子バレー部がいるようで、ウチのクラスの女子ソフトバレーチームはなかなか厳しそうだった。

それでも人垣ができる程に集まったギャラリーの殆どがウチのクラス——というか目立ちまくっている紫条院さん——を熱狂的に応援しているので声援は大きい。

こんな大声援が屋内で反響しまくっている状況じゃ、俺の声なんて届かないだろうけど……それでもあの頑張っている女の子へ心からエールを送りたいと、そう思う。

「紫条院さん！　頑張れぇぇぇぇぇ————!!」

前世では絶対に口にできなかったであろう心からの声援を、力いっぱい叫ぶ。

そして、やはりそれはあまりにも沢山の声援に交ざって消えるが——

（え——）

試合中の紫条院さんは、ピクリと反応したかと思うとすぐに俺のいる方向へと振り向いた。そして——その大きな瞳《ひとみ》がこちらを向いた瞬間、紫条院さんは張り詰めた真剣な表情から一転して、とても嬉《うれ》しそうな花咲く笑顔を見せたのだ。

（……っ！）

沢山の汗をかいたいつもよりさらに色っぽい紫条院さんが、俺の声に反応して微笑《ほほえ》んでくれている。その事実に、その表情に、俺の胸がドキリと高鳴り——

そしてそこで、相手チームから紫条院さんへ容赦なくボールが飛来したのが見えた。

「紫条院さん！　前！　前！　ボール来てる！」

「え？　きゃあああああ⁉」

味方からの声で慌てて正面を向くも時すでに遅し。

俺の方へ視線を向けていた紫条院さんは対応できず、ボールはしっかりと床でバウンドして跳ね上がってしまう。

な、なんてこった……。

「これは……どう考えても俺のせいだな……」

「まあ、ちょっと相手チームに援護射撃しちゃいましたね」

応援するつもりが邪魔になってしまった事実に俺は苦い声で呻《うめ》き、風見原はその認めたくない事実をあっさりと口にした。

＊

「本当にすまん……！　頑張ってたのに俺が邪魔しちゃって！」

紫条院さんの試合が終わった後、体育館のすぐ外で俺は紫条院さんに平謝りをしていた。

何せ、先ほどの試合はあの時の失点が響いてそのまま負けてしまったのだ。どうしても責任を感じてしまう。

「いえ、私がついよそ見してしまったのが悪いんです……友達から応援されるなんて今まで殆どなかったから嬉しくて……」

ミスと敗北のショックで、紫条院さんは明らかに気落ちしていた。

チームメイト達は笑って許してくれたようだが、それでも自分のミスだと気に病まずにはいられないらしい。

（それだけ真剣だったって事だよな……本当に悪い事をした……）

そう思いつつ、口惜しげな表情を見せる大和撫子少女に俺は眩《まぶ》しいものを感じていた。

大人になるほどに、物事に真剣になるのはダサいという風潮が出てくる。だけど、目の前の少女は一生懸命に試合に打ち込んだからこそ悔しさを感じているのだ。

「ふう、いい加減くよくよするのは止《や》めます！　まだウチのクラスの優勝のために、どのチームも頑張ってくれていますしね！」

紫条院さんは額の汗を拭《ぬぐ》うと、両手を胸の前でぎゅっと握って気持ちを切り替えたようだった。

　気のせいかもしれないが……最近紫条院さんは自分の意見をはっきり言ったり落ち込みを引きずる時間が減ったりと、心のコントロールが上手《うま》くなっているように感じる。

「新浜君もお休み前にソフトボール部から道具を借りてまで頑張ったんですよね。事前に練習するなんてとっても偉いです」

「お、おう……」

　確かに特訓はしたが、その実態はヘタクソすぎる自分を並レベルに引き上げるための付け焼き刃だ。そんなキラキラした瞳を向けてもらえるほど上手くなってはいない。

「文化祭の時もそうでしたけど、新浜君は球技大会も本気でやっているんですね。そうやっていつも頑張っているのが、本当に素敵だと思います！」

「……っ」

　普段と違う体操着でポニーテールな紫条院さんは、いつも通りの純粋な笑顔を俺へ向ける。邪気の欠片《かけら》もなく、本当にただ心から素敵だと言ってくれているのだ。

　その心からの賞賛と好意は——あまりにも心地良く俺の心を弾ませる。

「新浜君のソフトボールが今日の最後の試合ですよね。応援に行きますから負けちゃった私の分も頑張ってくださいっ！」

「あ、ああ、まかせとけ！　最後のシメだし勝ちに行くよ！」

無垢《むく》な応援が嬉しい反面、それはプレッシャーとなって俺へとのしかかる。

だが同時に、その笑顔は俺の心に鮮烈なエネルギーを充塡《じゅうてん》する。

この無邪気に勝利を願う笑顔を残念だったと沈ませたくない。このまま手放しの喜びに変えてみたい——そういう気持ちが俺の中で沸々と煮えたぎってきていたのだ。

三　章　今この時だけは熱血を

球技大会もいよいよ大詰めとなり、残すところは俺達のソフトボール最終戦のみ。

これに勝てば総合でクラス優勝という、やはり前世と同じ展開になっていた。

そして——その最後の一戦を行うべく、雲一つない晴天の下で俺達ソフトボール班はグラウンドに集まっていた。

「タルい……もう朝から何戦目だよ。特にソフトってボールが飛んでくるから苦手なんだよな。サッカーとかならまだ適当にボールを追いかけ回していればカッコはつくのに……」

俺の隣にいる体操服姿の友達——山平銀次《やまひらぎんじ》が不満げに文句を言う。

こいつはパソコン部所属であり、俺と同様にこういう球技は大いに苦手だ。

「大体よ、学校行事って球技大会とか持久走大会とかの体力系多過ぎだろ。スポーツやらせときゃ健全な精神が宿るって考えが安直すぎっつうか……って、その気合いの入りまくった顔はなんだよ新浜《にいはま》。まさか学力に続いて運動神経も良くなったのか？」

「運動神経なんてそうそう良くなる訳ないだろ。ただ、この試合についてはちょっと備えてきただけだよ」

実を言えば、備えとして行った事は『ちょっと』ではなくかなりガチだった。

そして、乗り越えた特訓の辛さと付き合ってくれた筆橋《ふではし》への感謝、紫条院《しじょういん》さんからの無垢な応援。そういうものが俺の中でない交ぜになり、溢《あふ》れる気合いとなっているのは確かだった。

「あー……大体察した。お前また紫条院さんにいいカッコするためにガッツリ練習したんだろ」

「ど、どうしてわかった!?　エスパーか!?」

「いい加減、恋愛脳に目覚めたお前の行動パターンくらいわかるっつーの。お前のコマンドって以前はあった『だまってる』『あきらめる』が消えて『すきなこのためにしぬほどがんばる』オンリーのクソ重い仕様に変更されてるし」

呆れ顔で銀次が言う。

今の俺って端《はた》から見たらそんなわかりやすい行動原理してるのか……？

「それにしても……最後の試合だからってめっちゃ人多いな」

銀次が言うとおり、グラウンドの周囲には見学の生徒たちが大勢いた。

というか、おそらく同じ学年の奴らがほぼ全員集まってきている。

まあ、それも無理はない。俺達と相手のチーム以外は全員試合が終わってるし、この大会最後の試合が総合優勝決定戦となれば注目されるのは当然だ。

さらに言えば――集まった観客数だけでなく、盛り上がりもかなりのものだ。

「かっとばせよー！　これ勝てば優勝なんだからな！」

「ソフトボール組の男子たちー！　勝ったら先生がジュースおごってくれるらしいからクラスのために頑張ってねー!!」

「ウチのクラスが勝つ方に昼飯賭《か》けてるんだからな！　絶対勝てよ！」

開始前から聞こえてくる声援はウチのクラスの見学者達のものだ。

その声にこもっている熱は俺の前世の記憶以上のものであり、ともすればプレッシャーにもなりそうだったが、ウチのチームはやたらとノリノリだった。

「ま、せっかくここまで勝ってるし気張るべ！」

「おうよ！　女子から応援されるとマジ気合い入るわ！」

「よっしゃあ！　俺の一本足打法が火を噴くぜ！」

「赤崎《あかさき》さぁ、お前二戦目でそれやってバッターボックスですっ転んだの反省しろよ」

と、ふざけ混じりではあるが士気はなかなか高い。

しかし……ウチのクラスは一体どうしたんだ？

チームメイト達は今朝からやたらとやる気に満ちていて、声出しも連係もバッチリだ。

他の見学しているクラスメイト達にしたって、前世だと盛り上がるのは試合終盤になってからで、試合前からガンガン声援を飛ばす程じゃなかったような……？

「なんか……クラスの奴らのテンションが妙に高くないか？」

「はぁ？　何言ってんだ新浜。この雰囲気を作ったのはお前だろ」

「へ……？」

俺の疑問に反応した銀次の言葉に、つい間抜けな声を出してしまった。

え、俺？　俺がどうしたってんだ？

「お前が企画した文化祭の出し物でみんな盛り上がったろ？　あれ以来ウチのクラスは心の距離が近くなって、全体的に仲間意識が強くなったんだよ。おかげで気安くてノリやすい空気になってるし、球技大会の優勝決定戦ともなりゃこんくらいテンション高めの雰囲気にもなるって」

「そ、そうなのか……」

クラスの結束が多少強くなった程度には思っていたが、あの文化祭がそこまでクラス内の空気に影響を与えていたとは気付かなかった。

そう言えば……期末テストで俺が一位を取った時も、クラスの奴らはやたらと大袈裟《おおげさ》に褒めてくれたな。

あの時は御剣《みつるぎ》という悪玉に勝利した故の反応かと思っていたが、クラス全体の雰囲気がはしゃぎやすくなっていたのもあったのだろう。

「ん？　あれって……」

グラウンドの外周部に座り込んで応援しているウチのクラスの連中の中に、体操服姿の紫条院さんが座っているのが見えた。

その両隣には風見原《かざみはら》と筆橋も座っており、揃《そろ》ってこちらを見ている。

俺が視線を向けている事に気付いたようで、風見原は『あ、新浜君がこっち見てますね……ま、紫条院さんの前で頑張ってカッコつけてくださいよ？』とばかりにニヤリと笑みを浮かべ、筆橋は『特訓の成果出してね！　超頑張ってー！』と言わんばかりに、右手を突き出して親指を立てたサムズアップを見せる。

そして紫条院さんはやはりこういうイベントが好きなようで、試合開始前からクラスの熱気が高まっていくこの雰囲気にとてもワクワクしているようだった。

（あ……）

そして——そんな彼女と目が合う。

まるでお互いがお互いの姿を探していたように、俺たちは確かに相手の瞳《ひとみ》を見ていた。

それは、俺の錯覚ではなかったと思いたい。

俺と視線が絡んだその瞬間、紫条院さんはぱあぁっと花が咲くような笑みを浮かべたのだ。さらに、少女は『とっても応援してますから！　頑張ってくださーい！』と言わんばかりに、俺に向かって手を力いっぱいブンブンと振る。

無垢な応援の心を、ストレートに表してくれていた。

「お、おおお⁉　見たかお前ら！　紫条院さんが俺に手を振ってくれたぞ！」

「はあああああ⁉　何を自惚《うぬぼ》れてんだお前！　俺にだよ！」

「絶対に目がないってわかってんのに悲しい争いすんじゃねーよお前ら！」

「でも紫条院さん結構ノリノリじゃん！　こりゃ活躍すればワンチャンあるぞ！」

「ああ、どうやら本気を出す時が来たようだな……！」

男子とは悲しい程に単純な生き物で、ただ美少女が笑顔で手を振っただけで士気はうなぎのぼりだ。そして、俺もその例外ではない。

「おいおい、見ろよ新浜。どいつもこいつもチョロすぎるほどテンションを爆上げさせやがって――」

「うおおおおおおおおおっ‼　やってやる……やってやるぞっ‼」

「って、お前が一番チョロいってオチかよぉ⁉」

やかましいぞ銀次。

俺が地球上で一番好きな女の子が笑顔で手を振ってくれたんだぞ。

これで燃え上がらない男がいるかよ。

そして、そんな馬鹿をやっていると――グラウンドに放送が響いた。

『それでは開始時間になりましたので、二年生球技大会ソフトボールチームの２－Ｂと２

－Ｄの試合を始めます。出場するメンバーはグラウンド中央に整列してください』

「よっしゃ行くぞ銀次！　やるぞー！」

俺が整列地点に走ると、他の連中もそれに続く。

「おっしゃあ！　俺が十割打ってやるからまあ見てな！」

「ヒャッハー！」

「やってやるぜ！　女子にキャーキャー言われる絶好の機会だ！」

と、どいつもこいつも紫条院さんの応援で馬鹿になった頭のままに駆けつけてくる。

「ちょ、お前らだけ酔っ払ったみたいなノリでズルくね⁉」

一人だけ馬鹿になりきれない銀次が飲み会で唯一素面《しらふ》を保っている苦労人のようで少々可哀想《かわいそう》ではあった。

まあともあれ――

前世で忌まわしき記憶となった試合は、意外なほどにやる気に満ちた状態で開始されたのだった。

＊

球技大会の決勝戦は、実力伯仲の試合展開となった。

相手のチームは運動部が多く、野球経験者も何人かいる。

こちらの打席ではバットに当たってもフライかゴロであり、その処理も的確で序盤は全く点が取れない。

さらに相手は守備だけじゃなく打撃力も強力だった。

ウチのクラスは野球部の塚本《つかもと》がピッチャーを務めており、堂に入った投球（ウィンドミル投法というらしい）でこれまでの対戦相手を料理してきたが……この試合では打球がポンポンと飛んでしまうのだ。

だが――やたらと士気が高くなっているウチの守備陣はダイビングキャッチやジャンピングスローなどの謎の好プレーを連発し、その当たりをことごとく防いでみせる。

相手はヒット級の当たりが何度も飛ぶ割に点が入らない事に苛立《いらだ》ち始め、後半になるにつれプレーが雑になっていった。

銀次にデッドボールを出してしまった後、俺の打席ではバットに奇跡的に引っかかったレベルのゴロの処理を誤り、俺がアウトながら銀次が進塁。

続く塚本が『野球部の面目もあるし、そろそろ彼女にもいいところを見せたい』と宣言した後にヒットを打って一点をもぎ取った。流石《さすが》正統派スポーツマンイケメンは違う。

ホームに帰ってきた銀次を皆が『ナイスデッドボール！』と褒め称《たた》え、銀次は『横っ腹にジャストヒットして喜べないっつうの……痛え……』と腹をさすっていたが、自分がホームを踏めた事についてはまんざらでもなさそうだった。

これを守り切れば後は——と俺も皆もそう思っていたが……。

(ここにきて俺の記憶通りの展開になるのかよ……！)

ウチが一点リードして迎えた最終回。

疲れが出てきた塚本を守備陣がサポートしてツーアウトまで追い込んだが、代償として
ランナーは二塁と三塁まで進んでいた。

あと一人で全てが決まる——このシチュエーションに二年生のほぼ全員が集まったグラウンドは沸き立っていた。

誰も彼もが試合に熱中しており、その盛況ぶりは前世の比ではない。

ちらっと見てみると、紫条院さんも大興奮で声援を送っており筆橋はもちろん普段は仏頂面が多い風見原ですら握りこぶしを作って見入っている。

「がんばれー塚本！　あと一人！」

「打て！　打てばサヨナラだ！」

「がんばってー！　ここまで来たら勝って終わろう！」

「高く飛ばせ！　外野は大抵下手《へた》がやってるから飛ばせばいける！」

「ソフトボールじゃあんま飛ばないって！　前で守れー！」

ウチのクラスも相手のクラスも、まるで野球部の公式試合のような盛り上がりぶりだが、

それもわかる。勝つか負けるかわからない試合の土壇場は、たとえ草野球でも人を興奮させる力があるのだ。

（いくら状況が同じだからって、俺のところに飛んでくるとは限らないけど……）

俺が今世でやり直しを始めてから、ＳＦでよくある歴史の強制力のようなものはまだ目《ま》の当たりにした事はない。

俺自身が文化祭、期末テスト、家族関係、交友関係とあらゆる事について未来を変えまくってきたのがその証拠だ。

なので、ボールが飛ぶ方向なんて小さな事は、むしろ前世の通りになる可能性の方が低いかもしれない。

（でも……たとえ飛んできても、絶対に捕ってやる……！　そのために練習したんだ！）

この試合において、ライトの俺のところに打球は飛んできていない。

だが『このまま最後までボールが飛んでこなければいい』なんて思いは俺にはなかった。

（最初はただ紫条院さんの前でカッコ悪いところを見せるのが嫌なだけだったけど……）

周囲を見渡すと、ノリ良く熱血しているチームメイトたちと、声を出して応援してくれているクラスメイトたちが見えた。

団結してイベントを楽しんで、一体感を好ましく思っている奴らがいる。

クラスに生まれたこの空気が、俺は嫌いじゃない。

(好きな子の前でカッコつけたいのと同時に――このクラスで勝ってみたい。今はそういう想いもある……！)

そして――最後の球は投げられ、それを相手の打者がバットで迎え撃つ。

グラウンドに響いたのは、俺たちが期待したキャッチャーミットの音ではなく、相手のチームが熱望したバットの金属音だった。

見上げると、ボールは天高く昇っていた。

その打球が伸びる方向は――俺のいるライトだ。

(ほ、本当にこっちへ飛んで来た……！　しかも遠い⁉)

そう判断してすぐに後方へダッシュできたのは、筆橋の特訓のおかげに他ならなかった。

(間に合うか……⁉　間に合ったとしてキャッチできるか⁉)

打球はぐんぐん伸びており、俺が前世で失敗した平凡なライトフライより明らかに高難易度だ。

これを落とせば試合は前世のとおり敗北を迎え、逆にキャッチできれば勝利で終われる。

青い空を飛ぶボールとそれを追いかけて走る俺に、今この場にいる生徒たち全員の視線が集まっているだろう。

それを確認する余裕なんてないが、プレッシャーは高まっていく。

『――捕れないかもしれない』

全力疾走の中で、ふと俺の無意識から不安の虫が顔を出す。

『他の事ならまだしも、苦手な運動で活躍するのはやっぱり無理だ』

『俺は努力した。その結果がダメでも仕方がない』

『そもそもこれは素人《しろうと》には難しい球だ。捕れなくても誰も責めない』

この期《ご》に及んで、俺の中にいるビビリの俺が予防線を張ろうとする。

そうやってまたも、自分の可能性を閉ざそうと怨霊《おんりょう》のように足を引っ張る。

そして、俺の動きがほんの僅《わず》かに鈍ったその時──

「新浜君！　がんばってくださ──いっ‼」

俺がこの世で一番好きな女の子の声が聞こえた。

深窓の令嬢らしからぬあらんかぎりの大声で、俺の名前を叫んでくれていた。

心からの応援で、俺の心に溢《あふ》れんばかりの活力を与えてくれる。

ああ、俺は恋愛パブロフの犬だ。

彼女の声援を聞いただけで、歓喜が溢れる。心が躍動する。

不安もビビリも、全てが消し飛ぶ。

（そうだ、逃げじゃなくて攻めだ！　スポーツだけじゃない……二度目の人生はそうするって決めただろうが……！）

ボールが落下する軌道を読んで、走りながらグローブを突き出す。

タイミングはギリギリもいいところで、もはや無我夢中だった。

そうして流れ星のように落ちる白球は——

俺のグローブを、無情にも弾《はじ》いた。

（あ……）

グローブに当たった衝撃で空中に躍るボールが、まるで動画のスロー再生のようにひどくゆっくりと目に映る。

白球の形をした勝利が、俺の手からこぼれ落ちるその様が——

（に——）

その瞬間、俺の頭を支配したのは真っ白なまでの絶望——ではない。

（逃がすかああああああああああ！）

俺の心に本来生まれ出ずるはずがないもの。

前世では絶対にあり得なかった、烈火の如き熱血だけがあった。

そして——

（……っ！）

無茶な体勢でのキャッチングがたたり、俺は派手にすっ転ぶ。

土煙がもうもうと立ち上り、赤茶けた土をモロに浴びた。

「よっしゃ！　落とした！」

「回れ回れー！」

「もうけもうけ！」

「ああ、惜しい！」

「だああ、ちくしょう！」

「くそ、ダメだったか……！」

沸き立つ相手チームと、肩を落とすウチのチーム。

明確に分けられた勝者と敗者、その両者の反応は瞭然《りょうぜん》だった。

だが——落ち込むのも喜ぶのも、まだちょっと早い。

「あ……⁉　ちょっ、ちょっと待ってください！　あれ……！」

紫条院さんが発した声に、生徒たちの視線が再度俺に集まる。

もうもうと立ちこめていた土煙が晴れ——転んでグラウンドに倒れたままの俺は、周囲に示すように腕を上げる。

グローブに当たって宙に浮き、しかし右手で鷲摑《わしづか》みにしてもぎ取った白球。

文字通り俺の手で摑んだウイニングボールを——高々と掲げる。

「あ、アウト！　ゲームセット！」

俺の捕球を認めた審判役の教師がそう宣言し、勝敗が逆転したウチのクラスからの盛大な歓声がグラウンドに降り注いだ。

＊

勝利に歓喜する声がグラウンドに降り注ぐ中、倒れた身体《からだ》を起こした俺は自分の右手の中にあるボールをぼんやりと見つめていた。

「勝った……俺が捕って、勝ったんだよ……な？」

プレー中は無我夢中だったが、こうして熱血から覚めると自分の手の中にあるボールも、見学者たちの沸き立つ声も今イチ現実感がない。

え……『頑張ったけど残念だったね』な結末じゃなくて……本当にやったのか俺？

「ナイスだ新浜ああああああああ！」

「よくやったイメチェン野郎！」

「はっはっはー！　あの盛り上がりで勝てると気分いいぜー！」

気付くとチームメイトたちが俺の近くに集まっており、誰も彼も純粋に勝利を喜ぶ子どものような笑顔で俺を賞賛してくれていた。

（……みんなが俺を褒めてくれている……運動クソ雑魚《ざこ》の俺を、スポーツの事でよくやったって……）

文化祭の打ち上げの時のように、皆の言葉を呆《ほう》けたまま全身に浴びる。

野球漫画でしか知らない勝利後の功労者を称《たた》えるシーンの真ん中に、運動音痴すぎる自分がいる事が信じられなかった。

「あ、ありがとう……でも俺なんてたまたま最後のボールを捕っただけだぞ。実を言えば、今日の試合で俺が野手として仕事したのはこれが初だし」

「ははっ、細かい事はいいんだって！　最後のホームランやファインプレーで試合を決めた奴が目立つのは仕方ないし！」

言ったのは、全試合を通して間違いなく俺の百倍は働いていたピッチャーの塚本だった。

「というか俺的にもマジで助かった！　最後に打たれた時は凄《すげ》え血の気が引いたんだが、お前が捕って帳消しにしてくれた時はつい『偉いぞ新浜ぁぁ！』って叫ぶくらい感謝したぞ！　いやマジでよくやった！」

心底ホッとした様子で塚本が感謝を口にする。

どうやら勝利目前のピッチャーのプレッシャーは半端なかったらしく、俺のキャッチで冷えた肝が救われたらしい。

「ああ、いい仕事したぜ！　球技大会なんて本来タルいけど、ここまで女子にキャーキャー言ってもらえるんなら勝ちしかあり得ねえしな！」

「捕り方が根性に溢れていてちょっと笑ったけど、ナイスキャッチだガリ勉男！」

「みんな……」

勝利の熱気に酔っているのもあるだろうが、どいつもこいつも素直に俺の挙げた小さな手柄を祝福してくれていた。

前世ではここまでノリのいい奴らじゃなかったような気がするが……あの文化祭を経てこうなったというのなら、これも俺が紫条院さんの好感度を上げるためにあれこれ頑張ってきた事の思わぬ副次的効果なのだろう。

このチームで勝てて、こいつらと一緒に喜び合えるのは中々良い気分ではあった。

「よし……そう言われたらなんか俺もはしゃいでいい気になってきたぞ！　さっきまで勝った実感がなくてボケーッとしてたけど俺も叫ぶ！」

「おう、やれやれ！」

「おせーよ！　もうみんなとっくにその場で叫んだわ！」

皆の軽口を聞きながら、大きく息を吸う。

そう今は——素直に喜びをシャウトで表そう。

「よっしゃあああああっ！　勝ったぞおおおおおおおおお！」

チームメイトたちに囲まれる中、ガッツポーズをとった俺の勝利の雄叫びがグラウンドに木霊《こだま》した。

＊

「ふう……水が超美味《うま》い……」

俺はグラウンドの端にある水飲み場で、渇ききった喉《のど》を潤していた。

さっき終わった試合から身体の熱気はまだ引いておらず、酒精に酔うような高揚感もまた胸に残ったままだった。

「……みんな喜んでくれていたな」

さっきの勝利に沸き立ったチームメイト達を思い出す。

前世においては、球技大会のみならずスポーツに関係する全てのイベントに暗い思い出しかなかったが……ああも盛り上がってくれると努力の甲斐《かい》もある。

「苦手な事でも頑張ってみるもんだな……」

「そうそう！　努力は割と裏切らないものだよ！　特に筋肉とか！」

「おわ⁉　筆橋さん⁉」

唐突に背後から声をかけてきたのは、今回俺を最もサポートしてくれたショートカットスポーツ少女の筆橋舞《まい》だった。

「試合を見てたけど、本っ当によくやったよ新浜君！　かなり感動した！」

コーチ冥利《みょうり》に尽きると言わんばかりに、筆橋は機嫌よく続ける。

普段から元気なこいつだが、今はかなり興奮気味でありテンションが高い。

「平凡なフライすら捕れなかったあの新浜君が最後の最後であんな難しい球を……本当に最高の根性だったよ……！　ほんの少し前までよちよち歩きだったヒナがいきなり空を飛んだみたいで私はもう胸がいっぱいになって……ううっ……！」

「ガチで涙ぐむなよ!?　あとそのうっすらと失礼な褒め方クセなのか!?」

よちよち歩きのヒナなのは否定しようがないけどさぁ！

「まあでも、筆橋さんには本当に感謝してるよ。正直あのスパルタ……もといガッツリとした特訓がなかったら捕れてなかっただろうし」

「そう言ってもらえたらコーチした甲斐があったよ！　あ、運動に興味を持ったのなら陸上部入る？」

「すまん、それはノーサンキューで」

さりげない勧誘をかわすと、筆橋は「ちぇー」と残念がる。

悪いな筆橋。今回の件で運動への苦手意識は以前より減ったけど、俺に運動センスが皆無な事も改めて思い知ったんだ。

「でも本当にいいもの見せてもらったよ！　運動に苦手意識を持っている新浜君があそこまで気合いに溢れたプレーをするんだもん！　いやぁ、すごいね恋愛パワーって！　紫条院さんが新浜君に声援を送った瞬間から、動きも気合いも全然違ったし！」

「え……？　いや、確かに気合いは入ったけど動きに違いなんて出ていたのか？」

「うん！　なんかもうゼンマイ人形に強力モーターを入れたみたいに力が溢《あふ》れまくっていたよ！　無意識だろうけど口から『ふぉおおおおおお！』とか漏れてたし！」

「マジかよ⁉　うわぁ、めっちゃ恥ずかしぃぃぃ！」

全く無自覚だったが端《はた》からみるとそんなアホみたいな姿だったとは……。

「でも……正直紫条院さんが羨《うらや》ましいかな。みんな誰かが好きっていうのはあっても、そこまで気持ちが大きい人って滅多にいないと思うし」

「そう……かな」

「うん、彼氏がいた事もない私が言うのもなんだけど、絶対そうだよー！　そんでもってその想いは絶対に届く！　コーチとして保証するから！」

そう断言する筆橋の笑顔はスポーツ少女らしい快活さに満ちており、心が勇気づけられる。しかし、本当にいい奴だなこいつ……。

「おっと！　それじゃ本命が来たみたいだしお邪魔虫はクールに去るよ！　それじゃあまたねー！」

突然そう言い残すと、筆橋はさっさとその場から去って行った。

ん？　やけに忙《せわ》しないな――ってあれ？

入れ替わるように向こうから駆けてくるのは――

「新浜く――んっ！　やっと見つけました――っ！」

「え……⁉　紫条院さん⁉」

俺が意中の人を見間違えるはずがない。

だがそれでも自分の認識を疑ってしまったのは、紫条院さんが普段よりもさらに目がキラキラでアッパーな状態になっていたからだ。

そして——驚きに固まる俺の手を、すべすべして柔らかいものが包んだ。

「ふぉわ……⁉」

俺の目と鼻の先まで接近した紫条院さんが、俺の両手を自分の両手で包みこむように握っている——脳がその事実を認識するのに若干のタイムラグが生じた。

「凄《すご》かったです！　あんな最後の場面であんなにドラマチックに勝つなんて！　見ていて最高に興奮しました……！」

俺の手を握ったまま、紫条院さんはブンブンと腕を上下に振る。

両手で感じる天使の手の平の感触が絹のようでとても官能的だが、その勢いに頭がついていかない。

「し、紫条院さん………⁉　嬉《うれ》しいけどこのブンブンは何なんだ⁉」

「え？　ソフトボールでの健闘を称える儀式なんですよね？　筆橋さんから『新浜君にやってあげたら喜ぶよ！』って聞いたんですけど……」

真っ赤な嘘を教えたのはお前か筆橋ぃぃ！

でも俺が喜ぶのは本当だから許す！　よくやった！

「とにかく凄かったです！　すごくてもうすごいです！」

いかん、紫条院さんの語彙《ごい》が期末テストの時よりさらに減少している。

その興奮具合は某虎球団が優勝した時の大阪市民のようだ。

「最後の時なんて、身体《からだ》中が熱くなって思わずその場で飛び上がって喜んじゃいました！　グローブに当たっちゃったのに、諦《あきら》めずに素手で摑《つか》みに行ったんだって理解したら、凄く胸が熱くなってもう……！　その後新浜君のところにチームのみんなが祝福しにいったのもすっごくジーンってきました！」

過去最大級にテンションMAXな紫条院さんから、俺の努力の成果を心から祝福してくれているのが伝わってくる。

団結と青春イベント好きの紫条院さんらしく、試合は相当楽しんでくれたようだ。

「それに……良かったです！　勝ててみんなで喜べたのもそうなんですけど、新浜君がとても楽しそうな顔をしていて！」

ひとしきり感動を伝え終えた紫条院さんが、ふと俺の顔を見てそんな事を言い出した。

「え……？　楽しそう？」

「はい！　今日の午後までは緊張が強かったみたいですけど……最後の試合が始まったらゲームを楽しんでいたと思います！　皆と一緒にバッターを応援したり、チームが点を取ったら飛び跳ねるほど喜んだり……あの一戦にのめり込んでいるように見えました！」

言われてみれば……試合が始まってから緊張はしつつも、前世のように失敗を恐れて胃が痛くなったり、こんな試合は一刻も早く終われと念じたりはしていなかった。

運動全般を忌避し続けた俺としては、それはかなり革命的な事だったのかもしれない。

「そうだな……実は俺って運動センスが壊滅的だから球技大会はかなり苦手なんだ。でも……確かに最後の試合は勝ちたいと思うのと同時に、あのチームでプレーしてて楽しいって思いがあったんだと思う」

それは筆橋の特訓のおかげであり、いつの間にかメチャクチャ気安くなっていた同じチームの奴らのおかげでもある。

けれど……そもそも俺が苦手な球技を頑張ろうと思った理由は。

あの試合に対する強烈なモチベーションを与えてくれたのは――

「今日は応援ありがとうな紫条院さん。最後の時、俺に直接声援を送ってくれたのが凄く嬉しくて……とんでもなくやる気が出た。おかげで一番大事なところで結果を出せたよ」

「あ……はい、あの時は夢中になってつい叫んでしまったんですけど、ちゃんと届いていたんですね……。いくら試合に熱中していたからってちょっとはしたないくらいの大声を出してしまったので、恥ずかしいんですけど……」

少しだけ頬を染めて、紫条院さんは恥ずかしそうに声を細めた。

「でも、必死に走っている新浜君を見たら……叫ばずにはいられなかったんです」

恥じらいの赤みを頬に残したまま、紫条院さんは微笑《ほほえ》んだ。

彼女の澄み切った清流のような心を表すその言葉と笑顔は、あまりにも可愛《かわい》らしくて心が洗われる。またしても、俺は彼女に惚《ほ》れてしまう。

この疲れが吹っ飛ぶような紫条院さんの表情を見られただけでも……運動音痴の呪縛に挑んだ今回の辛さも完全に報われる。

「さて、それじゃみんなが待っていますし、教室に戻りましょう！　先生がジュースをおごってくれるらしいですよ！」

「ああ、行くか。全員揃《そろ》わないと乾杯もできないだろうしな」

心地よい疲労を感じながら、俺は紫条院さんと揃って歩き出した。

その最中でふと思い返すと……今回の自分がまるでスポーツ漫画のテンプレをなぞっている事に気付く。

練習を始めた理由は好きな子のためで、その想いがあったからガチな特訓をやり抜いて、無意識レベルの苦手を克服してチームと協力して戦い、最後は根性によってギリギリ勝利を拾う。

その道筋を最初から最後まで味わってみた者の感想からすると——

（ああ、そうだな……）

前世では苦手どころか敵ですらあったスポ根も――まあ、たまには悪くない。

▶幕間◀　夏休みの始まり

「とうとう一学期も終わりか……」

　最後の行事だった球技大会も終了し、本日は終業式の日である。

　先ほど体育館に集まって恒例である校長先生のお話を聞き終わったところであり、教室に戻ってきたクラスメイト達は明日《あした》からの夏休みに浮かれまくっていた。

「海行こうぜ海！　ナンパして彼女作るんだよ！」

「でさ、パジャマ持ってウチの家集合ね！　朝までお菓子食べながら話しまくろ！」

「男は黙ってゲーム三昧《ざんまい》！　全員ＰＳＰ持ってきてモンハン祭りじゃあああ！」

　ちょっと周囲を見回すだけでも、それぞれの計画を話し合ってクラスのあちこちで盛り上がっている様子だ。誰もが一年に一回のスペシャルな期間に心躍らせている。

（夏休みか……なんかもう懐かしすぎるな。宿題が終わらなくてヒーヒー言ったり、彼女と過ごす予定のある奴を羨ましがったりしてたっけか）

　ただ今となっては、今周囲で盛り上がっているクラスメイトを優しい目で見てしまう。

たった一度の高校二年生の夏休みにウキウキな皆の姿を見ていると、何故《なぜ》かとても微笑ましくも温かい気持ちになってしまうのだ。

「じゃーこの店とかどう？　なんかクレープとかすっごい美味《おい》しいらしいよ！」

「ふむ、いいのでは？　値段も高校生の財布に優しいですし」

「すっごくいいです！　女の子同士でクレープ……夢にまで見たシチュエーションでもう嬉しくて涙が出ます……！」

「ええ……？　そ、そこまで？」

ふと見ると、紫条院《しじょういん》さんも筆橋《ふではし》と風見原《かざみはら》と集まって何やら楽しそうに話している。

どうやら夏休み中に女子会を開く予定を話しているらしく、会場となるカフェの相談をしているようだ。

ずっと仲の良い友達がいなかった紫条院さんにとって、それは何よりも嬉しい予定だろう。

（そう言えば……筆橋と風見原が揃ってメアド交換しようって言ってきた時はびっくりしたな……）

あの球技大会の後――唐突に二人して俺のもとにやってきたかと思うと、さらりと『新《にい》浜《はま》君、連絡先を交換しよう！／しましょう』と提案してきたのだ。

男子にもごく軽いノリでそう言える筆橋の陽キャぶりと、風見原のマイペースさを改めて実感したが、特に断る理由もなかったので俺達は連絡先を交換した。

『まあ、唐突にこんな事を言い出した理由は、友達である新浜君の恋愛を応援したいからですよ。春華《はるか》についてのお得な情報や写メやらが手に入ったらお届けしてあげようという親切な我々に感謝してください』

『もちろん私も同じ理由だよ！　これから二人の仲を取り持つためにも連絡手段は必須《ひっす》だからね！　いやー、こんな役どころって恋愛漫画みたいでなんかワクワクするね！』

紫条院さんの友達である二人がそう申し出てくれたのは実際ありがたく、俺は今世で縁を繋《つな》いだ二人に深く感謝した。ただまあ……。

『半分くらいは本心だけど、もう半分は連絡手段を確保しといて俺の恋愛事情をいち早くウォッチングしたいから……だったりしないか？』

そう俺が半目で尋ねると、二人はギクリとした表情を浮かべ、苦笑いのままで誤魔化すように視線を泳がせていた。

どうやら俺が睨《にら》んだ通り、友達への応援と出歯亀根性が半々の気持ちだったらしい。

まあ、女子高生にとっちゃ他人の恋愛事なんて至高の娯楽なのは仕方ないが。

（さて……それにしても明日からずっと休みか。果たしてどう過ごしたもんかな……）

前世で休暇が殆《ほとん》ど取れない超ブラック企業にいた俺には、一ヶ月を超える長期休みなんてもはや現実感に乏しい。

休みは悪、休みはサボリ、休みを返上してこそ社会人――そんな狂った世界にいたせいで、長い休みの過ごし方というものがまるでわからないのだ。

将来に向けた勉強や母さんの代わりに家事くらいはするつもりだが……それ以外はあまり予定はない。

（けど……やっぱり本音を言えば……）

ちらりと友達と楽しそうに話している紫条院さんを見る。

その天真爛漫《てんしんらんまん》な笑顔はいつも通り俺の心を惹《ひ》きつけて蕩《とろ》かす。

見ているだけで驚く程に身体《からだ》中から活力が溢《あふ》れ、あらゆる疲れが癒やされる。

毎日教室で見る事ができたその尊い少女に、明日からしばらく会う事ができない。

それはごく当たり前の事で、以前からわかっていたはずなのに……いざ明日からとなるとひどく名残惜しい。

（この夏の間も……会いたいな）

明日からの期待に周囲の皆が胸を膨らませる中、俺は一人胸中で呟《つぶや》いた。

＊

「ふぅ……最後の日に図書委員の仕事があるなんてな。もうこんな時間だ」

「あはは、夏休み中の学校の図書室は三年生が勉強しにきたりして、意外とたくさん利用されるみたいですからね。最後の整理ができてよかったです」

一学期最後の帰宅路で、俺は紫条院さんと並んで歩いていた。

普段から毎日こうしている訳じゃないが、放課後に図書委員の仕事をした後は、二人で一緒に帰るのがいつの間にか当たり前になっていた。

「……こうして一緒に帰り道を歩いていると、なんだか思い出しますね」

隣を歩く紫条院さんが、ふと懐かしむように言った。

「もう二ヶ月以上も前になりますけど……放課後に私が女子達に責められていたのを、新浜君が助けてくれた日の事です」

「ああ……もうそんなに前になるのか」

それは俺がタイムリープしてきた最初の日の事だった。

奇跡としか言いようのない超常現象に戸惑いつつも、二周目の人生こそ幸せになるのだと誓ったあの日。それは、俺の憧《あこが》れだった紫条院春華という少女と実に十二年ぶりに再会した日でもある。

「思えば新浜君が凄《すご》く変わったのはあの日からでしたね。前の日までと比べたら別人みたいに力強くなっていて、本当にびっくりしました」

ある日いきなり陰キャに社畜経験がインストールされた俺を思い出してか、紫条院さんはクスリと笑みをこぼしてほんの少しだけ過去となった日を懐かしむ。

「あれから、なんというか毎日が濃密になりました。新浜君が発揮する凄い行動力と心の強さに驚かされてばかりで……そして、そのおかげで私の高校生活はどんどんキラキラ輝き出したんです」

少女の大きな瞳《ひとみ》が、ちらりと俺を見る。

長い黒髪がさらりと揺れて、麗しい少女の美貌《びぼう》が優しく微笑んでいた。

「いや、そんな大袈裟《おおげさ》な……」

「いいえ、大袈裟じゃありません」

褒めすぎだと言おうとした俺だったが、紫条院さんがその先を遮った。

この短い期間で色々と経験した少女は、はっきりと自分の意思を言葉にする。

「例えば、さっき私は初めてできた女の子の友達二人と、夏休みが始まったらすぐにカフェでお茶をする約束をしました。そういう女子高生らしい事に憧れていた私にとっては本当に嬉《うれ》しい事で……でも、美月さんや舞さんと友達になれたのも、新浜君が文化祭を頑張ってくれたからです」

「それは……まあ、きっかけくらいは作れたかもだけど……」

あの二人への呼び方が変わっている事に驚きつつも、俺は言葉を返す。確かに、文化祭で俺が何もしなかった前世では、紫条院さんにあの二人のような親しい友達はいなかった。

ただ俺としては、紫条院さんが楽しみにしている事をお粗末な結果にしたくなかっただけだったので、それによってもたらされた結果はまるで意図していない事である。

「この一学期の間、新浜君にたくさん助けてもらって本当に感謝してます。そしてそれ以上に……新浜君とずっと一緒にいられて楽しかったと、そう伝えたかったんです」

「……っ！」

夏の明るくも郷愁的な夕刻がそうさせるのか、紫条院さんはいつもより静謐《せいひつ》な面持ちでしっとりと囁《ささや》くようにそう言った。

いつもの天真爛漫な台詞《せりふ》も、そうやってたおやかな調子で言われるとまた違った破壊力があり……上品な薄い笑みも相まって、俺の心を的確に射貫《いぬ》く。

「そ、そっか……そう言ってもらえると俺も嬉しいよ。本当に……嬉しい」

タイムリープ初日を思い出して前世を強く意識した今は、殊更にその想いが強い。

前世での俺を考えれば、こうして当たり前のように紫条院さんの隣を歩き、こんなにも純粋な好意を向けてもらえるのが奇跡すぎて、胸がいっぱいになってしまう。

（この一学期程度の時間だけでも……俺にとって涙が出るほどの奇跡ばかりだったな）

俺がタイムリープした理由も意味も、未だに何もわからない。

あるいはこのまま二周目の人生が終わるまで謎のままかもしれないし、ある日突然にこの世界は泡沫《うたかた》の夢と消えるかもしれない。

けれどいずれにせよ……この何よりも尊い黄金の日々のおかげで、俺は前世で終《つい》ぞ知る事のなかった人生の喜びというものを実感できた。

それだけでも——この二周目の人生には狂おしい程の価値があるのだと、そう思える。

「っと……分かれ道に着いちゃったな」

「あ……ええ、そうですね……」

紫条院さんの家は郊外で、俺の家は比較的学校に近い住宅街にある。

なので当然ながら一緒に帰れるのは途中までで、後はそれぞれ一人で家路につく。

そして、もうその別れるべきポイントに辿《たど》り着《つ》いてしまったのだ。

「じゃあその……紫条院さん。休みの間、身体に気をつけてな」

「はい、新浜君も……お休みを楽しんでくださいね」

一学期において一緒に帰った時と同じように、いつもの別れ際の言葉を俺達は口にする。

だけど普段と違うのは、明日からはしばらく紫条院さんに会えない事だ。

「…………」

もう別れの挨拶《あいさつ》を交わしたのだから、俺はもう足を踏み出すべきだった。

なのに、足が動かない。

明日から紫条院さんの顔が見られない——それは当然で仕方がない事なのに、どうしようもない寂寥《せきりよう》感が、俺の足をその場に縫い付けてしまっていた。

今世で築いてきた『いつも』が一時中断するのが名残惜しく、馬鹿みたいにその場に突っ立ったままだ。

自分でも一体何がしたいのかわからないままに視線を紫条院さんに向けると、驚いたことに彼女もその場から動いていなかった。

何かを言うべきか迷っているように俯《うつむ》いており、ただ地面を見つめている。

蒸し暑い夏のまだ明るい夕方の中で——俺達は不思議な沈黙の中にいた。

「あ、あのさ！　紫条院さん！」

「は、はいっ⁉」

俺は普段紫条院さんと話す時は、彼女に嫌われたくない一心から自分の発言を吟味してしまっている。あるいは、それも他人の顔色を窺《うかが》う社畜生活のクセが続いているのかもしれない。

けど今この時は、本当に衝動的に言葉が出てきた。

この二ヶ月とちょっとで、俺もまた社畜時代の俺ではできない事ができるようになっているのだと、この時初めて自覚した。

「その……せっかくアドレスを交換したし、休みの間、俺はたくさんメールを送ってしまうかもしれない！　なんなら電話だってしてしまうかもだ！　だけどその……時間のある時でいいから返事をしてくれたら嬉しい！」

胸の内に湧いた想いを、一気呵成《いっきかせい》に叫びきる。

休みの間も俺と繋がりを持ってくれと、シンプルな願いを伝える。

「え、ええっ！　もちろんです！」

俺の言葉に、紫条院さんは俯いていた顔を上げて喜色を露わにする。

さっきまでの沈黙が嘘のように、少女の声が弾んでいた。

「時間のある時どころか、いつだって待ってます！　何通だってお返事しますし、むしろ私の方がたくさん送ってしまうかもです！　だから、その……お休みの間もよろしくお願いします！」

「……っ！　ああ、そうだな！　この夏もよろしく紫条院さん！」

俺が力いっぱい言葉を返すと、紫条院さんもまた花咲くような笑みを見せた。

そんな様子を見て……彼女もまたこの時に少なからず名残惜しさを感じてくれたのだと理解し、俺の胸が温かな喜びで満ちる。

そうして――俺の今世における初めての夏休みは、とても快い気持ちと少なくない期待を心に宿して始まったのだった。

四章　今度こそ妹の笑顔を裏切らない

「どうしてあんな会社辞めてくれなかったの……？」

葬儀場の一室で、喪服姿の俺は呆然《ぼうぜん》と妹の言葉を浴びた。

俺は香奈子《かなこ》に何の反応も返せない。

目の前の無機質な棺桶《かんおけ》に母さんが納められているという事実が受け入れられず、悪い夢でも見ている心地だった。

死因は心筋梗塞《しんきんこうそく》。

担当した医者は、慢性的なストレスにより心臓が弱っていたのだろうと言った。

「ママはいつもいつも言ってたよ。あんたがどんどん痩《や》せ細《ほそ》って身体を壊してきているって、いつ連絡してもとんでもなく忙しそうで心配でたまらないって」

泣きはらした目をこちらに向けて、香奈子が言う。

ずっと胸に溜まっていたであろう怒りが、痛いほどに滲《にじ》み出《で》ていた。

「そうやって心配ばかりしていたせいで、ここ十年近くママの顔には笑顔がなかったよ。

特にこの数年は身体《からだ》もどんどん弱っていって……どのお医者さんもストレスの影響が大きいって言ってたけど……私だってそうとしか思えない……！」

黒い喪服を着た香奈子は、美しく成長したその姿で俺の罪を語る。

決して許されない俺の愚かしさを。

「私は何度も何度も言ったよね⁉　あんな酷い会社辞めてって！　これ以上ママに心配をかけないでって！　でもあんたは聞かなかった！　自分の会社がゴミだってわかっていたクセに、現状を変える事が辛くて何もしなかった！」

何もかも図星だった。

自分の勤め先がおかしい事なんて、ずっと前から気付いていた。

なのに、何もしなかった。

そのために思考力や活動力を捻出《ねんしゅつ》するのが、とてつもない苦痛だったから。

「どうしてそんなたの⁉　昔っからそう！　暗くてウジウジしていて、大切なものに手を伸ばさずに何もしない！　何も考えずに他人の都合で使い潰《つぶ》されているのがそんなに楽なの⁉」

叫ぶ妹の瞳から溢《あふ》れた涙が葬儀場の床を濡《ぬ》らす。

そして、俺は悲嘆と怒りが募った妹に一言も返せない。

返す資格が、ない。

「ママの寿命を縮めて自分の人生をゴミ会社に捧《ささ》げて……一体何がしたいの⁉　あんたがどこかで行動を起こすだけで、ママはこんなに早く死ぬ事はなかったかもしれないのに……！」

怨嗟《えんさ》の声をただ受け入れる。

妹の涙が零《こぼ》れるたびに、俺の心が罪の重さに切り裂かれていく。

「……どうして……そんなにも馬鹿なの……！」

それが――前世における香奈子との最後の記憶。

家族がバラバラになり、新浜《にいはま》家というものが完全に消えてしまった瞬間だった。

＊

「あっちぃ……夏だなあ」

「うん、夏だね……日焼け対策にお金がかかる季節だー……」

俺の学校が夏休みに突入して少し経ったその日。

熱せられたアスファルトの上に陽炎《かげろう》ができる程の気温の中、俺と香奈子は揃《そろ》って街中を歩いていた。

俺は安い半袖《はんそで》シャツと綿パンという出で立ちだが、香奈子の奴はボーダー柄の肩が露出したTシャツにデニムのショートパンツという中学生ギャルっぽい格好である。

兄としてはいくら夏とはいえ肩出し&脚出しはどうかと思ったが、

『えー？　妹の『可愛《かわい》い』を邪魔しないでよ兄貴ー。女の子はお洒落《しゃれ》を止められると死んじゃうんだよ？』

と言われれば何とも言えない。

まあ……実際可愛いし似合っているのは認める。

「しかしいきなり『出かけるから付き合ってー！』とか言うから何事かと思ったら買い物の荷物持ちかよ……」

「いいじゃん。どうせ夏休みでヒマしてたんでしょ？　こんな可愛い妹と一緒に街を歩くほど有意義な事はないって」

ポニーテールの妹がえへへーと笑う姿は確かに小悪魔的に可愛い。

なるほど学校で男子にモテモテなのも納得だ。

「まったく……まあ、とりあえず女の買い物が長い事は再確認できたかもな」

今日は何軒ものブティックを回ったのだが、妹はあれも可愛いこれも可愛いと移り気であり、とにかく品定めに凄《すさ》まじい時間を費やしていたのだ。

そのくせ結局買わずに店を出る事もしばしばで、費やした時間の割には俺が手に提げている今日の『戦果』はまだ紙袋一つ分だ。

「あー、それNGワードだよ！　というか兄貴はもうちょっと女の子の買い物に対する情熱を理解するべきだって！」

「じょ、情熱……？」

「そう！　買い物は女の子の楽しみなの！　それも男と違って悩む時間こそが楽しいの！『あれ可愛いねー』とか『これ高ーい！』とか買い物をネタにしてキャッキャするのも大好き！　それは永遠不変の女の子の生態なんだから、男の子はどれだけつまらなくても笑顔で見守ってないとダメ！」

「お、おう……」

いつもの香奈子大先生の指導に俺はただ頷《うなず》く。

ただまあ、『永遠不変の女の子の生態』などというパワーワードまでぶち込むからには本当にそうなんだろう。

「それとさっき私が『これどっちが似合うかな？』って聞いた時の反応も五十点！『こっちの方が香奈子のイメージに合ってるかな』って台詞《せりふ》自体は悪くないけど、あれを聞く女の子が欲しいのは〝共感〟なの！　どっちが似合うか男の子にも悩んでほしいんだから、もうちょっと考える時間を長くして本気で悩んでる感を出さないとダメだって！」

「な……そ、そんな隠しポイントがあるのか……？」

俺としては直感的に香奈子に似合いそうな方を答えたつもりなんだが……。

即答すると真剣に考えていないように見えるって事か？

「あ、それとね。実を言うと『どっちがいい？』って聞く時点で、女の子はもうどっちにするか決めてるケースが多いよ」

「はあ!?　ならどうして男に聞くんだ!?」

「それはさっきも言ったとおり『彼氏にも悩んでほしいから』が一番の理由で、後は『背中を押す一言』が欲しい場合もあるね。本当はAに決めてるけど安い買い物じゃないし、どうしても踏ん切りがつかない……だから誰かに『Aがいいんじゃない？』って言ってもらいたいって事なの。ちなみに見事に当てると好感度ボーナスが入ります！」

「ええ……なんだそれ、男にエスパーになれって事か？」

正解の選択肢がランダムとかギャルゲーならユーザー激怒ものだぞ。

「これは色んな対応法があるけど……『君の中で第一候補はどっち？』とかで聞き出して『うん、俺もこっちが似合うと思うよ！』で背中を押すコンボがオススメかな。一応どっちの服に熱い視線を注いでいたかとかでガチ推理もできるけど」

「たかが買い物でそこまでチェック項目があるのかよ……」

女の買い物って怖い……。

デートしているカップルってただキャッキャウフフの桃色空間を堪能《たんのう》しているだけかと思っていたんだが、裏ではそんな試験が行われていたのか……？

「まあ、真面目に答えさえすればそんなに気にする事はないんだけどねー。どっちが似合ってるクイズを外したくらいで不機嫌になる子は、私でも理不尽だと思うし」

「それを聞いてちょっと安心した……っと流石《さすが》にお互い汗が凄《すご》いな。ちょっと喫茶店でも入るか?」

ランニングを続けている成果かまだ元気な俺には余裕があるが、香奈子はちょっと疲れが見える。熱中症になったら大変だ。

「入る入る！　そうそう、基本はそうやって気遣いを見せる事だよ兄貴！　何だかんだ言って優しいっていうのは一番強いし！　あ、ここで女の子にパフェ奢《おご》ったら好感度上がりまくりだから早速実践してみて！」

「それはお前が食べたいだけだろうが!?」

人を荷物持ちで連れ回した上にタカろうとするんじゃない！

「ち、バレた！　でもいーじゃん！　兄貴にはこんなにも可愛い妹の兄をやらせてもらっている対価としてパフェを奢る義務があるの！」

「メチャクチャ言うなこの肩出し中学生！　そもそもお前最近昼飯も夕飯もガツガツ食ってるだろ！　パフェとか食ったら太るぞ！」

「ちょ、それ言っちゃう!?　女の子に対する最大の禁句言う!?　そもそも兄貴が夏休みでちょっと余裕があるからって、イタリア風カツレツとかビーフストロガノフとかメチャ美味《おい》しいの作るのが悪いんじゃん！」

「毎回ごはんおかわりしておいて責任転嫁するなアホぉ！」

周囲の目もはばからずに喧嘩《けんか》を始めた俺たちは、天下の往来でやいのやいのと言い合う。

そして……それはお互いが服に重みを感じるほど汗びっしょりになり、『このクソ暑い中で何やってるんだろう……』という空しい悟りを得るまで続いたのであった。

＊

「あー……暑かった……もう乙女が汗臭くなるなんて……」

クーラーの効いた喫茶店で俺の対面に座る香奈子が、アイスティーを片手に疲れた声で言った。

「クソ暑い中で馬鹿な言い合いして無駄に水分失ったな……今更ながら日本の夏って暑すぎだろ」

未来ではさらに夏の最高気温が上がって、無防備だとマジで死ぬ日も多くなると知っている身としてはちょっと憂鬱《ゆううつ》だ。

暑さって外回りの大敵だったからなあ……。

「ところで買い物はこれでお終《しま》いなのか？　荷物持ちなんて言われたからたくさん買いこ

むのかと思ったらささやかなんだな」

「私もお金があったら服とかアクセサリーとか無限に欲しいんだけどねー。いくらモテ中学生の香奈子ちゃんでもお金はどうにもし難いんだもん……ああもう、世界に私の可愛さを公開してお賽銭《さいせん》みたいに美少女見物料とか取れたらいいのに……」

「おいおい何をアホな——」

　言いかけて、未来では美女やイケメンの動画配信者が自分の容姿を武器にして視聴者から俗に投げ銭と呼ばれる収益を得ていた事を思い出す。

　……世の中何が実現するかわからんな……。

「でもまー、今日のアレコレはきちんと憶えておいてよ兄貴。いくら男女平等って言っても女の子はやっぱり男の子に頼りがいを求めるもんなの。デートの時は明るく、優しく、慌てずが基本ね。特に童貞ってトラブルに弱くてアタフタしがちだし」

　アドバイスは受け取っておくけど店の中なんだから言葉を選べ……！　童貞とか軽く言うなっての！

「まったくお前はいっつも人を童貞童貞と馬鹿にしやがって……」

「ま、私だって男子と手を繋《つな》いだ事すらないんだけどねー」

「は？」

「へ？」

顔を見合わせた香奈子と俺が目を瞬《しばたた》かせる。

え、いや、ちょっと待て。

「いやいやいやいや！　お前ってめっちゃモテるっていつも言ってただろ！　毎回出てくるあのアドバイスだって付き合った経験から来てるんじゃなかったのか!?」

「ああうん、めっちゃモテるのはその通りで、今まで十数人に告られて全員と付き合ったよ？　でも必ず途中で『なんか違うなー』って結論になるから、五分から一ヶ月くらいで全員別れたけど」

「早いなおい!?　というか五分の奴は付き合ったって言えないだろ!?」

という事は……交際人数は多くても誰とも恋人と言えるような関係にならず、お試しみたいな付き合いしかしてないって事か？

「それでそんな私を見て『男を取っかえ引っかえしている恋愛マスター』って噂が学校に流れて恋愛相談に来る子が増えちゃってねー。それを延々こなしていたら自分の経験と色んな体験談のおかげで色々わかるようになったんだよ。なんかこう、弁護士が大量の離婚相談をこなしていったら夫婦の心理にめっちゃ詳しくなったみたいな？」

中学生にしてはありえないくらい経験豊富かと思えばそういう事かい！

どうりで彼氏の影とか全然ないはずだよ！

「ってことは……さんざん人の事を童貞とか言っておきながら、お前もウブな耳年増じゃねーか！」

「あ、アドバイス自体は実際に使えるんだし別にいいじゃん！　兄貴だって妹がビッチじゃなくてちょっぴりホッとしてたりするんじゃない⁉」

「うぐ……」

珍しくたじろいだ香奈子がそっぽを向いて言い返す。

そしてそれは図星だった。

香奈子が誰と付き合っていても別に構わないけど……まだ誰かの恋人じゃなくて俺の妹である事に少し安心してしまった自分がいる。

つまるところ俺は、今世でようやく仲良くなれた妹を誰かに占有されるのが嫌らしい。

「ほら、私の事はいいから紫条院《しじょういん》さんの事を話してよ！　この前はまだアドレス交換ができてないとかほざいていたから、ちょっと呆《あき》れちゃったけど……その後は上手《うま》くやったんだよね？」

俺の恋愛事情を聞く時はいつもそうであるように、香奈子は目をキラキラさせて身を乗り出す。さっきの話を総合するに……こいつって自分の恋愛より他人の恋愛の方がワクワクするんだろうなぁ。

「ああ、その辺はちゃんとやった。アドレスも交換したしすでに頻繁にメールを送り合っているぞ」

「おおおお！　やるじゃん兄貴！　これでまだとか言ったら『このヘタレ童貞ー！』って罵倒《ばとう》してお尻《しり》を蹴《け》っ飛《と》ばすつもりだったよ！」

何気に恐ろしい事を考えてやがる……。

「ただ……どうも俺とメールしているのかと父親の時宗《ときむね》さんに聞かれて、紫条院さんは笑顔で『はい、そうです！』と答えたらしくてな……」

「え……父親ってあの過保護社長でしょ？　だ、大丈夫なの？」

「ああ、別に俺たちのメールを妨害したりとかそういう事はない。けど……紫条院さんがリビングでメールしているとプルプルして悶《もだ》え苦しんだり、『うごおおおお……』とか『ぐううう……』とか変な声で呻《うめ》いたりしているそうだ。どう考えても『娘とあの小僧が仲良くメールしているとか耐えられるかあああ！』って感じで俺を呪ってる……」

「ぶふ……！　ちょ、何それ！　パパさんリアクションわかりやすすぎぃ！　あはははははは！　相変わらず兄貴の恋愛事情っておもしろっ！」

人ごとだと思って香奈子はお気楽に笑う。

全く……次に時宗さんと会う時が俺は今から怖いのに……。

過保護パパの『娘に近づくあん畜生へのムカつきメーター』が夜間タクシーの料金のように日々どんどん上昇していっている様を想像し、俺はげんなりとため息を吐《つ》いた。

「あーおかしかった……もう本当に兄貴ってネタに事欠かないなあ……」

涙目になるほど爆笑していた香奈子がヒーヒーと息を整える。

毎回の事だが、この妹ときたら兄貴をネタに笑いすぎだ。

（ま、それが俺にとって幸せだ、なんて言ってやらないけどな……）

実を言えば……今世でやり直しを始めてから、前世において交流が乏しかった香奈子とどう付き合うかは少し悩んだ。

そして結局、前世とは違う関係になれる事を願って、とにかく兄としてナチュラルに声をかける事から始めようと決めたのだ。

その結果、前世では同じ家に住んでいるだけの同居人に等しかった香奈子は、俺の前で笑顔を見せてくれるようになった。

それは俺が今世で勝ち取った、宝石のように価値のある成果の一つだ。

「ふぅ……ねえ、兄貴」

「ん？　どうした？」

アイスティーを一口啜《すす》ると、香奈子は何故《なぜ》か声のトーンを下げた。

そして、俺は微《かす》かに息を呑《の》んだ。

妹の顔にはいつものような明るい無邪気さがなく、何故かとても神妙な表情をしていたからだ。

「今さ……私凄く楽しいよ」

「兄貴が明るくなってからさ、家の中も凄《すご》く変わったよね。ママもいつだって嬉《うれ》しそうで……私もすっごく気分がいいの」

「な、なんだ急に？」

「そりゃまあ……母さんにはいつも笑顔でいてほしいからな」

母さんに楽をさせ、幸せな人生を歩んでもらう事――それは今世において俺の青春リベンジに並ぶ大目標だった。そのために俺は料理や洗濯などの家事を積極的に手伝い、成績も頑張って上昇させたのだ。

そしてそんな俺に、ある日母さんはこう言った。

『家事を手伝ってくれたりする事も、勉強を凄く頑張り始めた事ももちろん嬉しいけど……母さんが一番嬉しいのは心一郎が自分に自信を持ってくれた事よ』

『大人になったら大変な事がいっぱいあって、母さんは心一郎がそういう事に潰《つぶ》されないかとても心配だったのだけど……これでこの子もちゃんと自分の人生を歩いていけるんだって思える事が、とても嬉しいの』

今世において母さんと話すとたびたび泣いてしまう俺だったが、この時は母さんと再会した時以上に涙が溢《あふ》れ出てしまった。

こんなにも俺を愛してくれていた人に、どうして俺は前世で報いる事ができなかったのかと――涙は止まる事を知らなかった。

「そ、それでさ兄貴。一回しか話さないからよく聞いてね？」

香奈子が恥ずかしそうに目を泳がせながら言う。

な、なんだ？　本当にどうしたんだこいつ？

「私さ、嬉しいよ。こうやって兄貴と子どもの頃みたいに言いたい事を言い合って、楽しくやれてる事が」

「え……？」

「兄貴はさ、いつの間にか私との間に壁を作っちゃってたじゃん。自分は暗い世界の住人で妹はキラキラした光の世界にいるとか思ってたでしょ？」

それは、完全にそのとおりだった。

前世の俺は典型的な陰キャで……だから陽キャの香奈子からウザがられないように距離を取った。香奈子は俺みたいな日陰者とは違うんだから関わるべきじゃない――そう思ったからだ。

「いや……だって……お前は美人で明るくて学校でも人気者で……お前だって俺の事を根暗な奴だって思っていただろ？」

「確かに兄貴の事は根暗なオタクだと思ってたよ。でも――だからって別に嫌いじゃなかった」

「え――」

予想もしていなかった言葉に、俺の意識が一瞬空白を生む。

嫌いじゃ……なかった？　あの前世のオドオドした根暗な俺の事が？

「今みたいに明るくなる前の暗い兄貴でも……昔みたいにくだらない話をしたり部屋でゲームしようぜって言ってくれれば、私はいくらでも付き合ったのに」

香奈子の言葉を俺は呆然《ぼうぜん》と聞いた。

今世における妹との良好な関係は、前世の陰キャを脱却して俺がハキハキと喋《しゃべ》れるようになったからこそ勝ち得たものだと思っていた。

けど実際は、妹は暗くて不出来な兄貴を敬遠していると決めつけていただけで、俺が陰キャのままだろうと一歩踏み出せばいつだって子どもの頃のように話せたんだと——そう言っているのだ。

「ま、私だって同じなんだけどね。私を避ける兄貴に踏み込んでいいのかわからなくて、ずっと足踏みしてた。たった一言、『恋バナでもしようぜ兄貴！　それか一緒に遊びに行こう！』って私の方から言う事だって、絶対できたはずなのに」

「香奈子……」

俺は、本当に何もわかっていなかった事を思い知った。

キラキラした人生を歩む香奈子は、俺みたいな陰キャな兄を目障りに思っているだろうと……そんなふうに思い込んでいた。

香奈子はむしろ昔みたいに普通に話せる関係に戻る事を望んでいたなんて、夢にも思っていなかったのだ。

「だ、だから何が言いたいかと言うと……！　兄貴が明るくなってこうやってガンガン話せるようになって、子どもの頃の私達みたいなノリに戻してくれた事が、その……めっちゃ嬉しいし、感謝してるって事！　あーもうっ！　こんな恥ずかしい事二度と言わないから！」

真っ赤になった顔を伏せて、香奈子はヤケクソ気味に叫ぶ。

「……お前まさか……荷物持ちっていうのは口実で、今日は俺にそれを言う踏ん切りをつけたくて……？」

「もおおおおおお！　何でそういうところだけ勘を働かせるのっ⁉　余計に恥ずかしいじゃん馬鹿兄貴！」

普段の余裕をなくして怒る妹をとても愛らしく思うのと同時に、俺は前世における自分の罪がさらに深くなった事を悟った。

（今世の香奈子がこう思ってくれていたという事は……前世の香奈子だって少なくとも中学生の時点までは同じ考えだったたって事……だよな……）

『どうして……そんなにも馬鹿なの……！』

脳裏に木霊《こだま》するのは、前世で妹と交わした最後の言葉だ。

香奈子が陰キャの俺を昔から嫌っていたのなら、あの時の呪うような言葉はただ俺の心を抉《えぐ》るだけで済んだだろう。

だが、決して俺の事を嫌っていた訳じゃなかったとしたら。

子どもの頃のように笑い合える日が、いつかまた訪れる事を夢想してくれていたのだとしたら——あの時の大人の香奈子はどんな気持ちであれを口にしていたのか……。

（ごめん……ごめんな香奈子……）

もう二度と会えない前世の妹に、俺は心から詫《わ》びた。

あの未来はなかった事になったのか、それともパラレルワールドとして俺が死んだ後も続いていったのか……それはわからない。

だが、どうあれ前世で犯した俺の罪は消えない。

あれは俺が今世を全うする最後まで忘れちゃならないものだ。

「……ありがとうな、香奈子」

未だに頬を朱に染めたままの妹の頭を撫《な》でる。

香奈子は「ちょ、え、何⁉」と狼狽《ろうばい》するが、俺の手を押しのけたりはしない。

「以前の陰気だった俺を、お前は嫌っていると思い込んでいたから……そんな気持ちを聞けて凄く嬉しい……。俺も母さんやお前と笑える今の全部が嬉しくて……まるで夢みたいに思ってる」

「ゆ、夢？　もう、いくらなんでも大袈裟《おおげさ》だよ兄貴」

頭を撫でていた手を離すと、妹は照れが残った表情で言った。

いいや、夢なんだよ香奈子。

今の新浜家は、俺の後悔が全て晴れた理想そのものなんだ。

だからこそ——俺は今度こそ家族の繋《つな》がりを守る。

前世のような、お前に兄を呪わせるような末路は絶対に辿《たど》らない。

「よし！　おい香奈子！　パフェが食いたいのなら奢《おご》ってやるぞ！　兄ちゃんに任せておけ！」

「え、マジ!?　じゃあこのジャイアントチョコトロピカルデラックスパフェ食べる！　なんか二千円くらいするらしいけど！」

「おおい!?　なんだそのメニュー!?　というか俺だって金がないんだから手加減しろ！」

「えー、でもパフェ一個はパフェ一個じゃん！　めっちゃデカいみたいだから兄貴も一緒に食べよって！」

いつもの調子を取り戻した香奈子がイタズラっぽい笑みを浮かべる。

ああ、そうだ香奈子。

やっぱりお前には、そういう顔が似合っているよ。

「あーもう、わかった！　じゃあそのジャイアント何たらパフェを食うぞ香奈子！　なんかメニュー見たら量が多いので四名様以上推奨とか書いてあるけど、俺たち兄妹《きょうだい》の力を見せてやろうぜ！」

「おっしゃー！　そうこなくちゃ！　あははは！　本当にノリ良くなったじゃん兄貴！」

前世という過去は変えられなくても、今世という現在と未来はどうにでも変わる。

あんな結末だった新浜家にも幸せな未来があり得たはずなんだと、必ず証明してみせる。

この瞬間に香奈子が浮かべている子どものように楽しそうな笑みを――今度こそ絶対に裏切らないと俺は心に誓った。

なお――ジャイアント何たらパフェについて、「高校生と中学生の食欲にかかれば余裕だろ！」「甘い物なら女の子の胃って無限だからね！」とイキリ倒していた俺たちだったが……。
メガホンみたいなパフェグラスに入ったクリームの富士山が到着し、思わず二人とも真顔になってしまった事を反省と共に記憶に残しておく。

五章　紫条院春華の嫉妬

私——紫条院春華は晴れた空の下で軽やかな心地を味わっていた。

今は私は、スカイブルーのTシャツとベージュのプリーツスカートという服装で街を歩いていた。日差しはとても強いけど私の足取りはとても軽い。

（ふふ……昨日も新浜《にいはま》君といっぱいメールができました）

夏休みに入ってから、新浜君はとてもマメにメールを送ってくれていて、顔は見えずともその存在をとても近くに感じられていた。

もちろん私からも喜んで返信するし、こちらからメールを送る時も多い。

夏休みなのをいい事についついメッセージのやりとりで夜更かししてしまう事もあるけど……新しい着信があるたびについつい熱中してしまうのは仕方がない。

それだけでも嬉《うれ》しい事なのに、今日の私には特別なイベントがある。

（ああ……女の子だけの集まりなんてとてもワクワクします！）

今日の集まりは、終業式の直前に友達から提案された事だった。

『夏休みですし、カフェでお茶でもしませんか？　我々三人はどうもそういうキャピキャピ分が足らないので、たまにはツルんでダベるという女子高生の仕事をすべきかと』

風見原《かざみはら》さん……もとい美月《みつき》さんの言葉に、私は一も二もなく賛成した。

そして、今はその約束の場所であるカフェへ向かっている途中だ。

ちなみに名前呼びについては舞《まい》さんが『ねえねえ、いい加減、名字呼びだと他人行儀すぎない？』と提案してそういう事になった。

昔から名前で人を呼ぶ事に慣れていない私は『筆橋《ふではし》さ……あ、いえ舞さん……』とフレンドリーな呼び方が恥ずかしくて頬を染めてしまい、

『さすが春華……なんとも破壊力の高いあざとさですね』

『うわあ……ドキマギしながら名前を呼ばれると、同じ女の子でもクるものがあって危険だよこれ……』

などと二人からよくわからない事を言われてしまったけれど……。

(ふふ、名前呼びというお友達のステップを踏んで、今日は女の子同士のお茶会……本当に幸せです。今の私はとても女子高生らしいです！)

本当に……こんな幸福な状況になるなんて、二年生になったばかりの頃は想像していなかった。

思えば、私はいつも青春を逃して寂しい思いをしていた。

小学校・中学校の時は、私と向き合ってくれる人はいなかった。

不自然なほどにおべっかを使う人、敵愾心《てきがいしん》を燃やして私を攻撃する人、私と関わる事を怖がって必要最低限の関係に留《とど》めようとする人――女子はおおむねそのいずれかに分かれていたと思う。

(私はただ普通に……友達と一緒に他愛《たわい》ないお喋りをしたり、一緒に遊んだりしたかっただけなのに……)

そうして青春を諦《あきら》めつつあった時に、私に転機が訪れた。

ある日突然明るくなった新浜君とよくお喋りするようになり、そこから様々な事が変わっていった。

その中でも一際大きかったのが文化祭で、あれは新浜君がいなければあんなにも思い出に残るようなイベントにはならなかっただろう。

そして、その中でのトラブルや苦労を通して私にも友達ができた。

クールに見えて割とお茶目な風見原美月さんに、明るくて笑顔が可愛《かわい》い筆橋舞さん。

二人とも私をごく普通に扱ってくれるのがとても嬉しい。

(本当に新浜君には感謝してもしきれません……一度家でお礼のおもてなしをしましたけど、あれでも全然足りないと思います)

「でも新浜君が喜ぶものって一体……え？」

ふと視線の先に見つけたのは、私服姿で汗をぬぐいながら歩く新浜君だった。

その瞬間、私の心がぱあっと明るくなる。

夏休みに入ってさほど日数が経っている訳でもないし、メールだって頻繁だ。

けれど実際に新浜君の顔を見ると、まるで何ヶ月も会っていなかった家族に会ったみたいに気持ちが弾む。

「新浜君！　奇遇です……ね……？」

呼びかけようとした声は、尻《しり》すぼみになって消えていった。

何故《なぜ》なら、新浜君は一人じゃなかったからだ。

その隣を歩いているのはポニーテールが似合っているとても可愛い女の子だった。

年齢は私より一、二歳下くらいで……新浜君とその子は気軽に談笑しており、とても親密な関係なのは一目でわかった。

「…………」

それを見た瞬間、何故か私の身体《からだ》は凍りついた。

呼吸が苦しくなり、血の流れが止まったみたいに身体がどんどん冷たくなっていく。

私が呆然《ぼうぜん》としている間に二人は雑踏に溶け込んで見えなくなる。

けれど依然として頭の中が整理できない。

全身が鉛になったように重くなって、心に鋭利な刃物が刺さったみたいに痛む。

（な、なんなんですかこれ……？　ただ新浜君と他の女の子が歩いているのを見ただけでどうして……）

自分の心がわからない。

どうしてこうなっているのかが把握できない。

締め付けられる胸を抱え――新浜君と女の子が消えていった方向を見つめたまま、私はその場にしばらく立ち尽くしていた。

＊

私は筆橋舞。

身体を動かす事が趣味の陸上部女子だ。

今日はクラスの女子三人揃《そろ》ってのお茶会で、私はとっても浮かれていた。

部活仲間とだとどうしてもお腹にたまる買い食いとかがメインなので、こういういかにも女子っぽい催しはとっても新鮮で今ドキの女子高生になったような気分になる。

「やっほー！　春華も美月も早い……ね……？」

待ち合わせ場所のカフェに入ると、もう二人は席に座っていた。

けどなんだか様子がおかしい。

「ちょ、ちょっとどうしたの春華⁉　なんかこの世の終わりみたいな顔をしているけど⁉」

テーブル席に座る春華は、いつもの天真爛漫《てんしんらんまん》な笑顔が消えてどんよりと暗雲を背負ったように落ち込んでいた。

目が死んでおり、身体中から生気がなくなっちゃってる。

「それが私にもよく……ここにやってきた時からすでにこんな状態だったんです」

どうやら美月も事情を知らないらしく、困惑した様子で言う。

「ええ……？　春華ってこの集まりをあんなに楽しみにしていたのに……」

美月がこの提案をした時、春華は『ぜひぜひぜひやりましょう‼　とっても楽しみです♪』とびっくりするほど乗り気で、カフェ決めの時なんて嬉しさで泣き出していた。

それがどうしてこんな株で財産を溶かした人みたいな顔に……？

「ああ……美月さん……舞さん……来てくれたんですね……」

うなだれていた春華が泣きそうな顔をよろよろと上げる。

「……すみません……突然ですけどお二人に相談したい事があるんです。聞いてもらえますか……？」

「ほほう、相談したい事ですか？　もちろん私は全然ＯＫですよ」

メガネをクイッと上げつつ美月が言う。

普段は真面目でクールに見えるけど、美月は割と好奇心旺盛《おうせい》だ。しかも友達に頼られるのが嬉しいタイプなので、ちょっとテンションが上がってるっぽい。

「うんうん！　私も何でも相談に乗るよ！　それで何があったの？　親と喧嘩《けんか》でもした？

それとも携帯で電話しすぎて二万円くらい請求されちゃった？」

「はい、それが――」

そうして春華はこのお茶会に来る途中であった事を語った。

街中で偶然にも新浜君を見つけた事。

その隣にはとても可愛い女の子がいて凄《すご》く親密そうだった事。

そして、その光景を見た春華が原因不明の心の痛みに苛《さいな》まれているという事だった。

「新浜君が誰とどうしていようと自由なはずなのに……何故《なぜ》か私はとても心が痛むんです。

もう訳がわからなくて……」

「「…………」」

真剣に悩みを訴える春華に対して、私と美月はなんとも言えない微妙な顔で沈黙した。

ええと……どう答えればいいのこれ……？

困って美月に視線を向けると、流石《さすが》のマイペース少女も困り顔で、『どうして心が痛むのかわからないって……もしかして本気で言っているんでしょうかこれ……？』とアイコンタクトを送ってきたので私は微《かす》かに頷《うなず》いて、『うん、絶対マジで言ってるよ……』と伝える。

「あー……その、春華。私たちも考えてみるからちょっと時間を貰《もら》うね？」

「ええ、お二人に考えてもらえたら嬉しいです……」

しょぼんとした春華の了承を得て、私と美月は春華に背を向けて顔を近づける。

ちょっとこれは一人の判断では回答し難い。

（ど、どうしようこれ……答えなんてわかりきってるけど私たちが言っちゃっていいの!?）

（それはちょっと……これぱっかりは新浜君が言うか春華が自分で気付くかするべきなのでは……？）

私たちは春華に聞こえないように小声でヒソヒソと囁《ささや》き合う。

私が知る前から美月は新浜君が春華にご執心なのを知っていたらしく、話が早くてとても助かる。

そしてその意見は私も確かにその通りだと思う。

私たちがここで『それって嫉妬《しっと》だよ。つまり春華は新浜君が――』なんて言うのはとても無粋な気がする。それを友達が教えないといけない状況もあるとは思うけど、少なくとも今じゃない。

（ところで一緒に歩いていたっていう女の子の件だけど……美月は新浜君が他の子に心変わりしたとかあると思う……？）

（は？　ある訳ないじゃないですか。新浜君ときたら春華至上主義者みたいなクソ重男で

すよ？　他の女の子に目を向けたりなんかしませんって）

（だよねー……）

私は深々と頷いた。

新浜君の気持ちに気付いてから改めて彼を観察していると、普段から春華に対して大好きオーラが出まくりなのがよくわかった。

春華から聞いた話を総合してみると、そもそも新浜君が文化祭で死ぬほど頑張りまくったのも全部春華のためだったっぽいし、あの馬車馬みたいに動けるエネルギーの源が全部恋の力なら、その想いは生半可なものじゃない。

（それだけ一途に想われているって羨《うらや》ましいなあ……私も私のためにどこまでも頑張ってくれる彼氏欲しい……）

「あ……そう言えばこういう気持ちにちょっと覚えがあります。その時はこんなにも強く心が痛んだりしなかったですけど……」

「そうなんですか？　参考までにどんな時にそうなったか教えてくれます？」

ふと思い出したように言う春華に美月が続きを促す。

以前にも嫉妬を覚えた事があるって事だろうけど……一体誰にだろ？

「はい、文化祭の時ですね。美月さんと舞さんが新浜君と一緒にいるとどうにも心がざわざわして……心が痛くなったりはしませんでしたけど感情の方向性はとても似ている気がするんです」

「はい⁉」

「ふぇ⁉」

何気なく言われたそれに、私たちは揃って素《す》っ頓狂《とんきょう》な声を出した。

わ、私たちまでジェラシー対象に入ってたの⁉

（う、うーん、それを私達に直で言っちゃうあたり本当に自分の感情の名前がわかっていないんだね……）

痛みに耐えるように胸に手を置く春華に聞こえないように、私たちはヒソヒソ会議を再開する。

（多分……今までの人生で他人を妬《ねた》んだ経験が少なすぎて自分の感情の正体がわからないんだと思います。新浜君からチラッと聞きましたけど、春華の美人さを妬んだ女子が絡んでくる動機も理解していなかったらしいですし）

（ええ……聖女すぎない……？）

私なんておっぱいの大きさで春華にめっちゃ嫉妬したり、新浜君が期末テストで一位取った時なんか『ズルいいい！　脳みそ交換してえええ！』とか心で叫んでいたのに……。

（私達の場合は文化祭のためだとわかっていたからさほどダメージがなく、今回の場合は見知らぬ女の子と一緒に歩いていたという情報の少ない状態だから想像力が働いて心が痛

んでいるんでしょう。あと好感度がそれだけ上がったというのもあると思いますが)

(おお……なるほど……美月ってもしかして恋愛経験豊富だったり?)

(いえ、恋愛に憧《あこが》れて少女漫画を読みまくった結果脳内恋愛シミュレートが上手《うま》くなっただけです。まあ、活かせる機会は全然こないですけどね!)

いや、そんな悲しい事をドヤ顔で言わなくても……。

(というか私たちが新浜君と……なんてそんな心配しなくてもいいのにね)

(………ええ、そうですね)

(ちょっ美月! 今の間は何なの⁉)

(ふふ、何でもないですって。それより舞も『ない』んですよね?)

(え……あ、うん、そうだよ)

(ほら、舞だって答えるのに間があったじゃないですか)

(い、いや違うから! 本当に何でもないって!)

新浜君は確かに一番親しい男子ではある。

他の男子とはひと味違う変わった人で、あの今生きている時間を全力で突っ走っているスタイルは……うん、まあ、見ていて好ましいとは思う。

口が裂けても言えないけど、もし真剣に告白でもされたらオチない自信はない。

けど新浜君の魅力であるあの心のパワーは、春華がいるから燃えているのだという事を、私は二人の近くにいてよくわかった。

春華が大好きな事が、新浜君という男子を形作っているのだ。

だからまあ、カッコいいと思う気持ちがゼロと言えば嘘になるけど、あるかないかだと『ない』になる。さっきのやりとりを聞くに、美月も同じような気持ちなんだろうと思う。

（まあともかく……穏便な方向で春華のメンタルをフォローしますか）

（うん、そうだね。というかこれってほぼ間違いなく春華が心配しているような案件じゃないし……）

いくら人の心は変わるものとはいえ、こんな短い期間で『紫条院さん命！』の新浜君が心変わりするなんて考えられない。というか絶対ない。

真剣に悩んでいる春華には悪いけど、結局この件って取り越し苦労なんだろうなぁ……と私はぼんやり思った。

「ええと、コソコソ話していてごめんね春華。それでその気持ちが何かだけど……きっとそれは怖さだと思うよ」

「怖さ……ですか……」

「そ、最近は私や美月とも喋《しゃべ》るようになったけど、春華が一番親しいのって新浜君でしょ？　それで彼と学校で会わない時間が続いているところに、自分の知らない人が隣にいるのを見て、一番の友達を取られるかもって不安になっちゃってるんだよ」

ラブ的な要素を友情に置き換えてるけど、説明としては間違っていないと思う。とりあえず『仲良しの人が取られそうで怖くなってる』という点だけわかってくれればいい。

「それは……確かにそういう事はあると思います。新浜君が文化祭の準備にかかりっきりだった時は一緒に勉強したりする時間が減って不安な気持ちになりましたし……」

「でしょう？　そして解決策はマジで簡単です」

春華が自分の状態を理解したところで、美月が身を乗り出して言う。

「この話の中心である新浜君に電話なり呼び出すなりして『一緒に歩いていたあの子は誰!?』と聞くんですよ」

「そ、それは……確かにそれはそうですけど……もしあの女の子がすごく親密な人で、もうあんまり私には構えないとか言われたら……」

美月が提示した解決策に怯《おび》える春華に、私たち二人は揃《そろ》って『んな訳ないでしょうが……』みたいな顔になった。

あーもー！　自分にどれだけラブ矢印が向いているか全然わかってなくて、なんとももどかしい……！

「聞きにくいなら私か舞が聞いておいてもいいんですよ？　夏休み直前にみんなでアドレス交換会はしましたし」

そうそう、今すぐこの場で新浜君に電話をかければそれでおしまいだ。

何ならこの場に呼び出すのもアリだ。

「……それは……いえ、自分で聞きます。気遣ってくれるのは本当に嬉《うれ》しいんですけど、なんとなく私自身が聞かないといけないような気がするんです」

「春華……」

未知の感情に怯えながらもキッパリとそう言った春華に、私は少なからず感心した。

春華とこうして仲良くなる前も何度か喋った事はあるけど、その時は天真爛漫《てんしんらんまん》さとお嬢様らしいたおやかな物腰が印象深かった。

けど今の春華は、そこに芯《しん》の強さが加わったように見える。

もしかしてこれも新浜君の影響なんだろうか？

「なるほど、春華の意志はわかりました。では……そうと決まれば景気づけですね！　ちょうどスイーツも来ましたし！」

話に区切りがついたそのタイミングで、店員さんが「おまたせしましたー」といくつものお皿を運んできて私たちのテーブルに並べていく。

どうやら美月が先に注文していたらしい。

「わぁ……！」

「おおー！」

春華と私は感嘆の声を上げた。

目の前に輝いているのは絢爛《けんらん》なパンケーキだ。

白くてフワフワなのが三段重ねになっており、シロップ、フルーツ、生クリームがたっぷり載せてある。

他にもカラフルなマカロンが山と積まれた皿に、ミニサイズのケーキやスコーンのアラカルトが可愛《かわい》く同居している皿もあり、私も春華も自然と目が輝く。

「意気消沈しまくっていた春華のために勝手ながらどっさり頼みました！　落ち込んでいる時はとにかくスイーツ！　身体が砂糖でできている女の子にこれ以上の特効薬はありません！」

「おお、美月ナイス！　やっぱりいっぱいのスイーツは正義だよね!!」

「た、確かに甘い物を食べると問答無用で元気が出ます……！」

力説する美月に私と春華は全力で同意した。

男子にはわからないかもしれないけど、女子高生という生き物には燃料としてのスイーツが必要なのだ。

「紅茶もポットで頼んでいるので一緒にガンガン食べましょう！　というか私はもう我慢できないので食べます！」

「は、はい……！　私も食べます！」

「待てないのは私も同じだってー！　いただきまーす！」

そうして私たちは揃ってキラキラと輝くパンケーキに取りかかり——その場に乙女三人の笑顔が咲いた。

「はあああああ、美味《おい》しい〜〜！　パンケーキってただのホットケーキじゃんとか思ってたけどフワフワさが違うね！」

厳密に言えばホットケーキもパンケーキもただ呼び方が違うだけらしいけど、まあそういう事はどうでもいい。美味しくてオシャレであればそれが女子の正義なのだ。

「ええ、食感も最高で生クリームが良く合いますね。シロップもあるのでべらぼうなカロリーを含んだ罪の味でもありますが」

「ちょおおおおお⁉　スイーツを食べる時の最大の禁句を口にしちゃダメー！」

「ふふ、そういう反応が見たくてつい言ってしまいましたが、考えてみれば運動部の舞より運動大っ嫌いな自分の方が絶対に体重が増えると気付いて、今密《ひそ》かに胸が苦しいです」

「何やってんのもう⁉　美月ってたまに馬鹿になってない⁉」

スイーツを挟んで私たちがそんなじゃれ合いをしていると——

「ふふ……あははは……」

春華が笑っていた。

面白くて仕方が無いというふうに。

「ごめんなさい、お二人のやり取りが面白くて嬉しくて……」

普段に近い調子を取り戻した春華が、パンケーキをさらに一口パクッと食べる。

スイーツはやっぱり偉大なようで、染み渡る甘さに春華の顔がほころぶ。

「お二人にも少し話しましたけど……私ってずっと友達がいなかったので、こういう女子の友達同士の集まりなんて初めてなんです」

「春華……」

実を言えば、こうして仲良くなる前は私も春華を特別視していた。

ものすごく美人で私とは違うハイクラスな人なんだから、恋愛経験もすっごい豊富で友達なんて一大グループができるくらいにいるだろう——そう勝手に思い込んでいた。

だから春華が交友関係の少なさをカミングアウトした時、私はとても勝手なイメージで春華を見ていた事を恥ずかしく思い、同時に『この子に友達らしい事をいっぱいしてあげなきゃ！』と心に誓ったのだ。

「私なんかの悩みをちゃんと聞いてくれて、励ましてくれて、一緒にお菓子を食べて……本当に幸せです……お二人と友達になれて良かったです……！」

瞳《ひとみ》を微《かす》かな涙で潤ませて、春華は輝くような歓喜の笑みを浮かべる。

そのどこまでも清らかで綺麗《きれい》な笑みの破壊力はもの凄《すご》く、一瞬意識が飛んでしまったばかりか同性なのに完全に見惚《みと》れてしまった。

（か、可愛すぎ……！　ヤバイってこれ！　女の子同士なのに頭がボーッとしちゃうとか！）

今更だけど、本当に春華ってあらゆる意味で美少女すぎる……！

「……こんな天使みたいな子を嫉妬《しっと》だけであんなに落ち込ませるとか……新浜君は一度爆発した方がいいのでは？」

美月のぼそりとした呟《つぶや》きに、私は心の中でめっちゃ頷《うなず》いた。

（まあともかく……春華はかなり元気が戻ってきたみたいで一安心かな？）

どう考えても思い過ごしが濃厚な件で友達が悩んでいるのは心苦しいし。

（これがラブコメなら三角関係の幕開けなんだろうけど……新浜君はあの通り愛の重たい人だしねー……）

あの想いの深さだと、もし春華にフラれてしまったら抜け殻みたいになってしまうんじゃないかと心配になるくらいだ。

「あ、ところで春華は新浜君とメールのやり取りをしているんですよね？　どんなメッセージを送り合っているんです？」

話が一段落ついたところで、美月が目を輝かせながら聞く。

普段のクールっぽい印象とは裏腹に彼女は割と乙女であり、二人がどんなメールをしているかすっごく興味があるらしい。

……正直に言えば私もそれはちょっと聞きたい。

「え？　いえ、普通の内容ですよ。今日読んだあのライトノベルが面白かったとか、これを食べて美味しかったとか」

「本当にそれだけですか？　例えば写真を送り合ったりしてません？」

（も｜、野次馬しすぎだって美月）

（まあまあ、世間にはピュアな子にエッチな写真を撮って送るように指示する男もいるらしいので、念のためですよ）

小声で囁《ささや》く私に、美月は面白がっているのが丸わかりの顔で答える。

ま｜、新浜君がそんなヤバいおじさんみたいな事をする訳ないけど……。

「写真ですか？　そういえば私の写真をたまに送ってますね」

「「えっ⁉」」

「冬泉《ふゆいずみ》さんというウチの家政婦さんに『せっかくですしお嬢様の日常を切り取って写真で送ったら喜ぶと思います』と言われたので……」

え、ちょ、何を言ってるの家政婦さん⁉　そりゃ新浜君は喜ぶだろうけど！

「パジャマを着てベッドに寝転ぶ写真とか、お風呂《ふろ》上《あ》がりにTシャツ姿でアイスを食べているところとかを送りましたね。ちょっと恥ずかしかったんですけど、お母様が『この写真とかいい具合よ！』とか言って送る写真を選んでしまって……」

本当にほんのりエロい写真を送ってたあああああ⁉　というか春華の家の人たちノリ

ノリすぎない⁉

「そ、それで新浜君は何て返信してきたんですか……？」

「それが……そういう写真を送ると決まって返信がとても遅くなって『これを俺が直視していいのかわからない……つらい』とか『これ絶対秋子《あきこ》さんが絡んでるだろ⁉』みたいな感じで困ってる様子だったのでそれ以降は控えてますけど……」

清楚《せいそ》な春華から突然爆弾のような写真が送られてきた時の、新浜君の衝撃と混乱が目に浮かぶ。そりゃ健全な男子に春華のプライベートショットとか目に毒だって……。

「驚きました……冗談だったのにまさか本当にエロい事をしていたとは」

「な、何を言っているんですか⁉　私はエッチな事なんてしてません！」

「そのどこもかしこも柔らかそうな身体《からだ》にダブルメロンを実らせて何を言っているんですか。見れば見るほど羨《うらや》ましいのであとでちょっと揉《も》みますね」

「ええ⁉　も、もう！　さらりと変な予約を入れないでください！」

わきわきとエア揉みする美月に、春華が顔を真っ赤にする。

楽しんでるなあ美月……。

「でも春華って新浜君以外の男子とはほとんど接点ないよねー。誰か声をかけてきたりしないの？」

春華を狙っている男子は大勢いるけど、そのせいでギスギスの牽制《けんせい》状態が発生して抜け駆けしがたい雰囲気ができているのは知っている。

(その中で新浜君は春華に超急速接近したんだから、本来ならクラスの男子に妬《ねた》まれそうなものだけど……そうはならなかったんだよね)

その要因は新浜君がクラスで一目置かれる人になったからだ。

勉強が凄くできるようになったり、携帯や宿題なんかの相談を受けたりしてクラスでの存在感を増していき、あの文化祭でオーバーワークな活躍をした後はもう春華の近くにいる事に誰も文句を言わなくなっていた。

けどそれはあくまでウチのクラスでの話で、他のクラスの男子が『あの新浜って奴だって紫条院さんに近づいてるし、俺ももう我慢する必要ないよな！』と春華にコナをかけてきてもおかしくはない。

私はその点でトラブルになったりしていないか、ちょっと心配しているのだ。

「え、他の男子ですか……？　そういえば一学期中に何人かから話しかけられましたけど……おおむね『一緒にどこか遊びに行こう』という内容でしたね」

「え……!?　そ、それでどう答えたの!?」

「それが……その、言い方は悪いですけど、全員一度も話した事がないのに怖いほどに馴《な》れ馴れしくて……丁重にお断りして立ち去りました。どういうつもりだったのか未だにちょっとわかりません」

ええ……？　何なのその人たち……？

（あー……なるほど。あの事ですか）

（え、なに、どういう事なの美月？）

　ぼそりと呟いた美月に私は小声で尋ねる。

（私も噂でそういう動きがあったらしいと聞いただけですけど……つまり新浜君と春華が舐《な》められたんですよ。『新浜とかいう平凡な奴が仲良くなれているのなら俺が行けばイチコロだろ！』という考えで、少しモテた事があるちょいイケメンや運動部のレギュラーなんかの〝小さな自信家〟が動いたんです）

（えぇー……それって何かすごくダサいよ……。好きになったからじゃなくて狙いやすいと見たから動き出すなんて……）

（ええ、カッコ悪いです。本当に好きならハードルの高さにかかわらずさっさと突撃しているはずですからね。しかも私たちの友達である二人を両方馬鹿にしているあたりマジムカつきます）

　美月の怒りが滲《にじ》んだ言葉に私は完全に同意する。

　よく知りもしない新浜君を自分たちより下に見て、その新浜君と一緒にいる春華をチョロいと思ったのならダサいだけじゃなくて本当に失礼だ。

「まあ、ともかくナイスな対応ですよ春華。いきなり馴れ馴れしくしてくる奴なんか相手にする必要はありません」

「ええ、正直怖かったのでそう言ってもらえると安心します……あんまり我が強い人はちょっと苦手なので……」

なんとなくわかっていたけど、やっぱり春華はオラオラした人は好みじゃないらしい。ま、新浜君も行動力とは裏腹に居丈高なタイプじゃないしね。

「あ……我が強いと言えばあの御剣《みつるぎ》って人はどうしたの？　期末テストで新浜君と一悶着《ひともんちゃく》あったらしいけど」

ふと思い出して私は何気なくその名前を口にした。

本当に会話の流れでポロッとそう言っただけで、まったくそれ以上の意味なんてなかったんだけど――

「ミツルギ……？」

「へ……？」

春華の様子が一変した。

何故《なぜ》か声のトーンがとても低く酷薄になり、目が据わっていく。

いつものお日様が輝いているお花畑みたいな雰囲気が、北極の永久凍土みたいに凍てついて冷たくなる。

「ああ……あのとても失礼な人の事ですか……」

「は、春華……？」

　ど、どうしちゃったの!?　なんか目のハイライトが消えてるんだけど!?

「確かにあのおかしな人に話しかけられた事もあったかも知れませんが……もう忘れました。もう二度と話す気もありませんし、できれば完全に記憶から消したいです。……姿を見るだけでとても不快ですから」

　ふ、普段の春華なら絶対に言わないような事ばっかり……！

　なにこれ!?　天真爛漫《てんしんらんまん》さが裏返ってる!?

（ちょ、どうなってるの美月!?　天使な春華が能面みたいな無表情でキレてて死ぬほど怖いんだけどぉ!?）

（すみません……言っておくべきでした。どうやらあの期末テストの時に御剣が『新浜はクズでゴミ！　俺は最高クラスの男！』みたいな事を散々言って春華がブチキレたらしく……それ以来あの男の名前を聞くとこうなってしまうようで……）

（何やってんのあの王子気取りの人ぉぉ!?　温厚な春華をここまで怒らせるなんてよっぽどだよ！）

「本当に下品で、自意識過剰で、傲慢《ごうまん》で……人にこんなに嫌悪感を抱くなんて思いもしませんでした。思い出しただけで胸の中が真っ黒になります……」

　ひ、ひいいい！　忌々しそうにブツブツと呟く春華がメチャクチャ怖ろしい……！

（……気を付けてくださいね。春華がこうなったのは明らかに新浜君をけなされた怒りのせいですけど、嫉妬《しっと》でも同じ事が起こらないとは限りません）

（え……どういう事？）

（絶対ないとは思いますけど、もし春華がラブ的な嫉妬ＭＡＸになったらこの普段の天使さが反転した暗黒面が爆発するかもという事です。我々はすでにジェラシー対象に入っているんですから、新浜君との仲を誤解されるような真似をして春華の闇ゲージを進めないように注意すべきです）

（え、その……それを言ったら私って球技大会の時に新浜君の特訓に付き合って一日中一緒にいたんだけど……これもしかしてアウト……？）

ソフトボールの特訓を『手伝った』とは春華にも言ってあるけど、公園で一日中やっていたとは伝えていない。

……運動部的なノリで手伝ったけど、もしかしてマズかった？

（絶対に言わないほうがいいですね。それを発端に嫉妬をこじらせて火曜サスペンスの『この泥棒猫……！』みたいな回が始まるかもしれませんし）

（ひぃぃ!?　も、もしそうなったら……）

そう言われると、ついほわんほわんと妄想が広がってしまう。

——誰もいない校舎の屋上。

世界が夕暮れのオレンジ色に染まる中、私と春華が向かい合っている。

『新浜君と一緒に休日の公園でソフトボールの練習をした……？　うふふ、そうやって運動が苦手な新浜君に擦り寄った訳ですねこの泥棒猫』

『そそそ、そんなつもりじゃなかったんだって！　トラストミー！』

『泥棒猫はみんなそう言うんです。ああ、悲しいです舞さん。お友達だと思っていたのに、あなたを美月さんと同じところに送ってあげないといけないなんて』

正気度ゼロな目をした春華が血まみれの包丁を手にして微笑《ほほえ》む。

あ、もう完全に対話が無理なやつだこれ。

『そ、その包丁にべったりついた血は……！　うわああ！　美月ぃぃぃぃぃ！』

うっかり現実でもちょっと声が漏れてしまい、現実から「え、私が先に惨殺されたんですかっ⁉」という声が聞こえたけど、なおも妄想は続く。

『ふふ、美月さんは文化祭で新浜君にベタベタしすぎた罪で処しました。やっぱり新浜君に近づく女子は一掃すべきですね。という訳でさようなら舞さん。でも貴女《あなた》が悪いんですよ？』

『ギャー！　これがヤンデレってやつー⁉』

そして、春華は光のない病んだ瞳《ひとみ》でゆっくりと近づき――

「あわわわわ……！　滅多刺し……！」

妄想から帰ってきた私はガタガタと身を震わせる。

あの春華のピュアさが裏返ると……とってもマズい！

「ふう……すみません。ちょっとあの変な人の名前を聞くと頭が冷静じゃなくなってしまって……舞さん？　どうしたんですか？」

「は、春華！」

「え……？」

私はテーブルに身を乗り出して春華の手を握った。

いきなりの行動に春華は目を白黒させている。

「私はずっと友達で春華の味方だから！　信じてね！」

「は、はい……！　そんな事を友達に言ってもらえるなんてとっても嬉《うれ》しいです！　私こそずっと舞さんの味方ですから！」

驚きつつも、ぱあぁぁとピュアな笑みを浮かべる春華の眩《まぶ》しさを、私はさっきまでとんでもない妄想を広げていた後ろめたさ全開で受け止めた。

……変な事考えてごめんなさい……。

六章　春華と香奈子

私──紫条院《しじょういん》春華は、今街中の公園のベンチに座ってとても悩ましい問題に向き合っていた。

（……未だに新浜《にいはま》君に連絡できていません……）

美月《みつき》さんと舞《まい》さんのおかげで昨日のお茶会の間はとても心が軽かったけど、新浜君と見知らぬ女の子が一緒に歩いていた件はまだ私の胸に重くのしかかっている。

（お二人には『一番の友達である新浜君をとられる事を怖がっている』と言われましたけど……本当にそうですね）

それにしてもこんなにも心が震えるものだろうか？

怖くて怖くて……心の奥の柔らかい部分が千切れるような感覚すらある。

私はさっきからじっと右手の携帯電話を見つめている。

文明の利器は凄《すご》いもので、これをワンプッシュするだけで新浜君に繋《つな》がる。

そしてそれから『昨日一緒に歩いていた女の子は誰ですか？』と聞いてみるしかこの悩

みは進展しない。それはわかっているのだけど——

（……冷静に考えてみれば意味不明な質問のような……。新浜君が誰と一緒にいようと自由なはずで私は関係ないです。どうして私がそれを知りたいのかと言われれば……）

「……独占欲……？」

自分の気持ちを身も蓋《ふた》もなく表せばその一言に尽きた。

そう悟ると急に恥ずかしくなる。

私ったらなんて子どもじみた感情を……。

昨日から今に至るまで、ずっとこんな調子で新浜君の事ばかり考えている。

それはやはり、新浜君本人に会えていない日が続いている事も影響しているのかもしれない。いつの間にか、学校で毎日彼と話すのが当たり前になっていたから——

「会いたい……ですね」

気付けば、私は無意識に呟《つぶや》いていた。

新浜君の顔を見たいという欲求を、私は初めて認識できた。

と、その時——頬を冷たい水滴が濡《ぬ》らした。

「え……わぁ!?」

さっきまで天気がよかったのに、突然すぎる雨が降り注いだ。

それもどんどん強くなっていく。

（ゆ、油断しました！　朝から晴れていたので、天気予報を全然見てなかったです……！）

雨の勢いはどんどん増していき、不意打ちを受けた街行く人々は慌てて雨宿り先を求めて走り出す。

（これは……どうしましょう？）

今日外にいるのは物思いを軽くするための散歩目的だったので送迎の車はない。コンビニでビニール傘でも買ったほうが——

「うわ、何これ⁉　全然天気予報見てなかったー！」

すぐ近くから声が聞こえて反射的に視線を向けると、ストレートヘアーの中学生くらいの女の子が突然の雨に悲鳴を上げていた。私と同じく傘を持っていないらしい。

（……あれ？　あの子どこかで……？）

「あーもー！　雨ダッシュとか最悪ー！」

妙に見覚えがあるその子はバッグを頭上に掲げて、それを雨よけにして走り出す。

けどその時——

「あ……っ！」

女の子が頭の上に持ち上げたバッグのファスナーがちょっと開いていたらしく、そこから財布が落ちて水で濡れたアスファルトに転がる。

けどその女の子はそれに気付かずに一目散に走り去ってしまい、どんどんその後ろ姿が小さくなっていく。

「…………っ！」

行動に迷いはない。街角が雨音で満たされていく中で、私はすぐ財布を拾ってその女の子の後を追いかけた。

＊

「ああもう、ビッショビショ……いきなり降りすぎだってもう……！」

私こと新浜香奈子は雨に降られながら住宅街をダッシュしていた。

昨日はパフェを食べ過ぎてかなりカロリーが増えちゃったので（おかげで夕飯が入らず兄貴ともどもママに怒られた）今日はウインドウショッピングしながらちょっと歩くかなーと思ったのにこれだ。

ウチの家が市街地に近いめっちゃ便利なところにあって助かった。

そうじゃなければコンビニで傘を買うという無駄な出費が必須《ひっす》だっただろうし。

「……って！　……さいっ！」

「ん……？　えっ⁉」

雨音に紛れて何か聞こえたような気がして振り返ると、女子高生くらいの女の人が傘もささずに私の背後を走ってきていた。

何事かをこっちに向かって叫んでおり、明らかに私を追っかけてきている。

「待って！　待ってくださーい！」

（え、え、何⁉　何事なの⁉）

事態が把握できずに硬直していると、その人は荒い息を吐いて私の目の前までやってきた。どうやらずっと全力で走ってきたらしい。

「ハァ……ハァ……や、やっと追いつきました……。その、落とし物です……！」

「え……あ⁉　わ、私の財布⁉　どうしてバッグから……ってちょっと開いてたー⁉」

そこで私はようやく状況を理解した。

私はうっかりバッグから財布を落として、この人は落とし主の私を追ってこの雨の中を追っかけてきてくれたんだ……！

「あ、ありがとうお姉さん……！　ってめっちゃビショビショじゃん！　傘持ってなかったの⁉」

「ええ……うっかり天気予報を見てなくて……ああ、でも追いつけて良かったです……」

心からほっとした表情を見せるそのお姉さんは、よく見たらとんでもない美人さんだった。ロングの髪は艶《つや》やかで目鼻立ちはとても綺麗《きれい》、おまけにほっそりしているのに胸もお尻《しり》もとっても豊かというインチキぶりだ。

（え、なに？　美人な上に見ず知らずの私に財布を届けるために雨の中を全力疾走するほど心が綺麗なの……？　なにこの人、女神かなんか？）

んん……？　というかこのお姉さんの顔ってどこかで見たような……？

こんな美人と会ったら普通は忘れないと思うんだけど……。

「それじゃ私はこれで……風邪をひかないようにしてくださ……きゃあ!?」

さらに雨の勢いが強くなって、お姉さんが悲鳴を上げる。

というか遠くで雷もドッカンドッカン落ちてるし、本当に酷《ひど》い雨だ。

「え、ちょ、ちょっと待ってよ！　お姉さんはまた傘もささずに街中まで走るつもり!?」

「は、はい……この辺は住宅街なので雨宿りもちょっと無理みたいですし、傘を買おうにも、もうちょっと戻らないとコンビニもありませんから……」

「そんな事してたらお姉さんの方こそ一〇〇％風邪ひくって！　ウチはもうすぐそこだから寄っていって！　タオルくらい貸せるから！」

「え、そんなご迷惑じゃ……」

「いーから！　財布を届けてくれた恩人が遠慮しないで！　ほら行こう！」

私のために雨の中を走ってくれた人が、このまま風邪をひいてしまったら心苦しいなんてもんじゃない。

遠慮するお姉さんの手を強引に引いて、私は自分の家へと走り出した。

*

モテ中学生である香奈子ちゃんは、今とても特殊な状況にいた。

今いるのは慣れ親しんだ新浜家のお風呂場《ふろば》だ。

この家の人間である私がここで湯船に浸かっている事はいつも通りなんだけど——

「ふう……ああ、温かいです。冷え切った身体《からだ》が生き返ります……」

けどそんないつもの湯船も、最上級の美少女が一緒に入浴しているとなると、一気に未知の桃源郷に変わってしまう。

(凄い……凄すぎる……何この人の肌の白さにもの凄い色気……武道館クラスのアイドルと一緒にお風呂入ってるみたいで現実感がないよ……)

私が小柄だからある程度余裕を持って二人で湯に浸かれているのはいいんだけど……お互いタオルを身体に巻いているにもかかわらず、目の前にぷかぷかと浮かぶ二つのメロンの破壊力だけでお喋《しゃべ》りの私が絶句するほどに圧倒されている。

他にもヘアピンで簡単に巻き上げたロングの髪に、露わになったうなじ、白くて細い肩、間近で見ると改めて美人すぎるとわかる顔……どれもこれも理性をぶっ壊しかねない危険なブツで、同じ女なのに興奮のあまり鼻血が出てしまいそうだった。

「けどすみません……人様の家に押しかけて、お風呂まで頂いてしまうなんて……」

「い、いやいやいや！　お姉さんは恩人なんだからそんな事はいーって！」

お姉さんの手を引いて新浜家に辿《たど》り着《つ》いた時——私達はもうタオルで拭《ふ》くどころのビシヨビシヨ具合ではなく、どう考えてもすぐにお風呂が必要だった。

家にはちょうどママも兄貴もいなかったので私はさっそくお風呂を沸かし、当然お姉さんに先に入るように言ったのだけど、お姉さんは『私はいいですから貴女《あなた》こそ先にお風呂に入ってください！　風邪を引いてしまいます！』と譲らずに、ちょっと揉《も》めてしまった。

そして、結局私がキレて『あーもー！　お姉さんのお人好《よ》し！　なら女同士だし一緒に入ろうよ！　それなら万事解決だし！』とヤケクソ気味に言うと、お姉さんが『……そうですね。このままだとお互い遠慮し合って身体が冷え切ってしまいますし……それでいきましょう！』とその案を採用してしまったのだ。

「それよりお姉さん本当に平気？　知らない家のお風呂に初対面の私と一緒に入らせちゃって……勢いでメチャクチャな提案をしちゃったって今凄く反省してるんだけど……」

「いえいえいえ！　一緒に入るのに同意したのは私ですし何も困ってません！　そもそもズブ濡れなのは本当に困っていましたし、とっても感謝しています！」

本当にそう思っているようで、お姉さんは同じ湯船の中でにっこりと微笑《ほほえ》む。

うわぁ……本当に内面まで美人なんだこの人……。

「うん、そう言ってくれてありがとお姉さん……財布本当に助かったから」

「ふふ、どういたしまして。助けになれたのなら良かったです」

品を感じさせる柔らかな物腰で、お姉さんは私のお礼を受け止める。

うーん……なんかまるで城下町に下りてきたお忍びのお姫様みたい。

ところでさっきからずっと気になっているんだけど……。

「それでさお姉さん……さっきからガン見しちゃってたんだけど……その胸はどうやって育てたの!?　あと肌の白さもどういう事!?　秘訣《ひけつ》があるなら土下座してでも聞きたいんだけど！」

この自他ともに認める美少女中学生である香奈子ちゃんだが、唯一のコンプレックスはいつまで経ってもロリータ系から抜け出せないこの体型だった。

お姉さんのこのボディは私の理想であり、その育成方法は是非聞き出しておきたい。

「え？　いえ、特に何かしている訳じゃないですけど……たくさん食べてたくさん寝るくらいで特に秘訣とかは……」

「うわーん！　そうじゃないかと思ったけど生まれながらの富める者だったー！　自動的にそんなパーフェクトボディになるとかずるいー！」

「も、もう……恥ずかしいのでそんなに身体の事を言わないでください。たまに友達にも言われますけど、普通よりちょっと大きいだけですし……」

ちょっとじゃないし！　ぜんっぜんちょっとじゃないし！　その友達だって絶対超羨《うらや》ましがってるってっ！

と、そんな世の無常を嘆いていると——雨音がまた一際大きくなった。

どうやらまだ天気は荒れまくっているらしい。

「うわぁ、まだ降ってるね……今日は最悪だったなもー……ちょっと気分を変えてストレートでセットしたのにぐしゃぐしゃだったし……」

「すごく似合ってましたけど……普段は別の髪型なんですか？」

「あ、うん。大体ポニーテールが多いかな。ほらこんな感じで」

私は両手で一房の髪束を作って、尻尾《しっぽ》のようにぴょこぴょこさせた。

なんだかんだで、家にいる時はこの髪型でいる事が多い。

「ああ、いいですね！　とても似合って……あれ……？　その髪型……」

「うん？　どしたの？」

私のポニーテール姿を見るなり、お姉さんは何故《なぜ》か動きを止めてこちらの顔をじっと見つめてきた。

な、なんだろ？　こんな美人さんに見つめられると恥ずかしいんだけど……。

（あ、しまった……！　今気付いたけど、私ってば恩人に対して名前すらまだ……ってあれ？　このお姉さんやっぱりどっかで見たような……）

けれど、どう思い返してもこんな美的インパクトの強い人に会った記憶はない。

でも……確かにどこかでこの可憐《かれん》な容姿を見た覚えはある。

会ってないのに見た……？　例えば動画とか写真とか………あっ⁉

「あ、あああああああああああ⁉　そうだ……！　しばらく前に兄貴が見せてきたクラスの集合写真の……！」

「あ……あ、あ……⁉　や、やっと記憶とイメージが一致しました！　貴女は……昨日の街中で……！」

「し、紫条院さん⁉　紫条院さんなの⁉」

「新浜君と一緒にいた女の子……！」

お互いがお互いに向かって驚きの言葉を投げかけて──

「「………………………………え？」」

外からの雨音だけが響くお風呂場に、私たち二人の困惑の声が木霊《こだま》した。

＊

私こと紫条院春華は、知らないお宅のお風呂を頂いていたと思ったら想像もしていない事実が発覚してとてつもなく驚いていた。

「じゃ、じゃあ……貴女は新浜君の妹さんなんですか……？」

ちょっとにわかには把握できない状況に陥った私たちは、お互いに自分の知っている事を順番に説明して、ようやくこの凄《すご》い偶然を理解できたところだった。

「うん！　改めて自己紹介するけど、新浜香奈子だよ！　いつも兄貴がお世話になっています！」

湯船の中で向かい合っている香奈子ちゃんが、イタズラっ子のような笑みを浮かべて、小さくお辞儀をする。

「新浜君の……妹さん……」

兄弟は妹さんが一人いるとは聞いていたけど、こんなに可愛《かわい》い子だとは知らなかった。その快活な笑顔はとても愛らしくて、つい抱き締めたくなる。

「けどまさか、昨日兄貴と買い物に行った時に紫条院さんもいたなんてねー。ま、休日はみんな街中に集まるからある意味当たり前なんだけど」

「あ、はい……その時は一瞬見ただけで、香奈子ちゃんの髪型もポニーテールだったからさっきまでそうとは気付かなかったですけど……」

言いながら、私はその事実がもたらした心の変容に驚いていた。

（彼女は妹さんで……昨日のあれは兄妹《きょうだい》で一緒に出かけていただけ……）

その事を知ると、自分の胸が驚くほど軽くなっていくのがわかった。

昨日から心の奥底に沈殿していた何かが、綺麗に消え去っていた。

（ああ……凄く、凄く、ほっとしました……）

胸に刺さっていたトゲが抜けたかのように、救われるような安堵感《あんどかん》が満ちていく。

あの重苦しい気持ちが、雲一つない快晴のように晴れ渡っている。

（それにしても……新浜君に自分より親しい友達がいた訳じゃないと知ってこんなに安心するなんて、我ながら浅ましい独占欲です……あれ？）

ふと、何か違和感を覚えた。

自分の気持ちが友達の少なさからくる独占欲であるなら、舞さんと美月さんが私以外の女友達と親しくしていても同じ感情を抱くはずなのに——想像しても特に心が乱れたりはしない。

（?? どういう事でしょう……？　独占欲である事自体はその通りだとしても、友達をとられる恐怖とは少し違うような……？）

「あれ、どうしたの紫条院さん？　のぼせちゃった？」

「あ、いえ、私も自己紹介がまだでしたね。改めまして紫条院春華です。こちらこそお兄さんにはお世話になっています」

つい考え込んでしまっていた私は、慌てて自己紹介しつつ湯船の中で軽くお辞儀をした。

「うん、よろしくー！　いやー、綺麗《きれい》なお姉さんだと思ったけどまさか噂の紫条院さんだったなんて！　いつか会ってみたいと思ってたんだー！」

「噂って……新浜君が私の事をそんなに話していたんですか？」

「そりゃもう！　ライトノベルの読み過ぎで成績が下がってお父さんに禁止令を出されそうになった事とかね！」

「ええ⁉」

も、もう、新浜君っ！　一体妹さんに何を喋っているんですか⁉　香奈子ちゃんとは初対面なのに、最初っからお姉さんとしての威厳が台無しです……！

「でも基本的にいつもベタ褒めだよ」

「え……」

「本当に素敵な子だっていつも言ってるよ。一緒に勉強できて嬉《うれ》しいとか、文化祭を一緒に回れて楽しかったとか、私は耳にタコができるほど紫条院さんの事を聞かされてるんだよ？」

「そう、なん、ですか……？」

新浜君が家でそんなにも私の事を話しているなんて全然想像もしていなかった。気恥ずかしさや嬉しさがない交ぜになって、つい頬が熱くなってしまう。

「話を聞いてると女の子としてのスペックが凄すぎて、写真見てもまだ微妙に実在を疑っていたけど……土砂降りの中で見ず知らずの私のために長距離ダッシュするとか本当に中身が綺麗な人だなーって」

「も、もう。からかわないでください。落としたお財布を届けるくらい別になんでもない事ですし」

本当に大した事じゃないのだけど、香奈子ちゃんは「アレが何でもない事なんだ……」と何故かちょっと驚いた様子だった。

「それにしても新浜君にこんなに可愛い妹さんがいるなんて……その、すみません。私って一人っ子なので妹さんというのがとても新鮮で……とても不躾《ぶしつけ》ですけど……少し頭を撫《な》でさせてもらってもいいですか……？」

小柄でとても元気な香奈子ちゃんはやんちゃな子猫みたいでとても可愛く、ついその小さな頭をナデナデしたくなってしまう。

「うん、全然ＯＫだよ！　私の事を妹だと思って存分に愛でて——ひゃっ⁉」

許可を貰《もら》った私は香奈子ちゃんの髪に触れて静かに撫でた。

小動物にそうする時と同じように、ただそれだけの行為が私に蠱惑《こわく》的な幸福感を与えてくれる。

「ふふ、やっぱり香奈子ちゃんは髪が綺麗ですね」

「ん、ひゃっ、ちょ、ちょっと待って……！　これ思ったよりヤバい……！　素っ裸で同じお湯に浸かりながら、んっ、お、お姫様みたいな美少女からゆっくり頭を撫でられるの……ひゅ、の、脳がとろけちゃう……！」

猫や犬と遊んでいる時は時間を忘れるように、私はこの時とても幸せな心地で香奈子ちゃんの頭を撫でる事に没頭していた。

だから、香奈子ちゃんが乱れた声で何か言っているのも、その顔がどんどん真っ赤になっていくのも、すぐには気付けなかった。

「こ、これが天然お嬢様の力……きゅう……」

「……はっ⁉　か、香奈子ちゃん⁉　こんなに真っ赤になってどうしたんですか⁉　長湯しすぎましたか⁉」

茹《ゆ》でダコのようになってしまった香奈子ちゃんがお湯に沈みそうになり、私は慌てて助けに入った。

＊

「さっきはすみません……香奈子ちゃんを撫でるのが楽しくてつい夢中に……」

バスタオルに包まれた状態で、私は香奈子ちゃんに頭を下げた。

十分すぎるほどに温まった私たちはお風呂《ふろ》から上がり、今脱衣場（兼洗面所）に立っていた。

香奈子ちゃんはお風呂から上がったらすぐに回復したけど、のぼせてしまっていた年下の女の子の状態にすぐ気付かなかったのは、年上として本当に情けない限りだ。

「あー、いや、のぼせた原因はお湯じゃないんだけど……ま、いいや。着替えここに置いておくからねー」

「すみません何から何まで……」

一足先にTシャツとショートパンツ姿に着替えた香奈子ちゃんが、持ってきてくれた着替えをカゴに入れてくれる。

下着はお風呂に入っている間に乾燥機で乾かしてもらったけれど、傷つきやすい上着やスカートはそういう訳にはいかないので、ご厚意に甘えざるを得ない。

「それじゃ私はお茶を淹《い》れてるから、着替え終わったら居間に来てね！」

そう言い残すと、香奈子ちゃんは廊下の向こうへ消えていった。

（……あれ？　今更ですけど……香奈子ちゃんが新浜君の妹さんなら……ここって新浜君の家って事じゃないですかっ!?）

本当に今更すぎるそのごく当たり前の事実に思い当たると、洗面所の鏡に映る自分が真っ赤になっていくのがわかった。

（つ、つまり私は新浜君の家で裸になってお風呂に入って……わ、わあああああ……！）

普段新浜君も使っているお風呂で、裸になって湯船に浸かった——

その事実がとにかくとても恥ずかしい。

(今は香奈子ちゃん以外の家の人はいないみたいですけど……と、とにかく早く着替えましょう……!)

乾いた下着を身につけ、着替えとして渡された大きなシャツに袖《そで》を通す。

胸は少しきつそうだけど、苦しいというほどじゃない。

「あれ……?」

シャツの袖のボタンを留めていると、カゴにメモが入っているのが見えた。

香奈子ちゃんのものらしい丸っこい字で何か書いてある。

『春華ちゃんの胸的に私のじゃ絶対ムリで、ママのもキツそうだったから兄貴のシャツを入れておくね♪』

「っ!?」

(こ、これ……新浜君のシャツなんですか!?)

その事を知ると同時に、またしても顔が紅潮してしまう。

それもさっきの比じゃない。

新浜君が普段袖を通しているシャツが、今全身を包んでいる——そう思うだけで感情が熱く乱れ、とても平静でいられなくなる。

(あ、でも確かに女の子とは違う……男の子の匂いです……)

ショーツとブラジャーだけの下着姿の上に、前が開いたシャツを羽織っている状態で私の手は止まっていた。

新浜君のシャツを着て、彼の匂いの中にいる。

そう考えると、思考が熱く溢《あふ》れて他の事が考えられない。

そう、だからきっと——その後の行動も普通でないからこその事だった。

(文化祭のプラネタリウムで肩を寄せ合った時と同じで……確かに新浜君の匂いがします……)

その行動は無意識だった。

本当に、本当に無意識だった。

けど事実として私は新浜君のシャツの袖を通した腕を口元まで持って行き——

彼の匂いを、鼻孔を通して確かめてしまっていた。

＊

俺——タイムリープして人生二周目中の高校生である新浜心一郎は、雨音に追い立てられるようにして自宅へと駆け込んだ。
「ああもう、ひっどい雨だなおい……！」

玄関で傘を閉じつつ、俺は突然の大雨への愚痴をこぼした。

天気予報で確かに晴れ後雨とは言っていたが、報じられていたより雨量が遥《はる》かに多い。

今日は図書館で本を読んでいただけだったんだが……もうちょっと早く帰っておけば良かった。

「うー……傘はさしてたけど結構濡《ぬ》れたな……」

水しぶきを吸って重たくなってしまったズボンや、濡れてひんやりとしたシャツの袖がかなり気持ち悪い。

こりゃ流石《さすが》に着替えないとなー、などと考えながら玄関の敷居を跨《また》ぐ。

三人家族だが、玄関に並ぶ十個近い靴のほとんどが香奈子と母さんのものだ。

そして俺は二人がどんな靴を持っているかなんて把握しているはずもなく――その中に家族以外のものが紛れ込んでいるなんて、この時はまるで気付かなかった。

(ん……台所から物音がするって事は……香奈子は帰ってきたんだな)

何やらドタバタしていると思ったら、「ギャー!? お、お茶っ葉がめっちゃ湯飲みに入ったー!?」と珍しい事に自分でお茶を淹れようと悪戦苦闘している様子だった。相変わらず家庭的な女子力は低い奴だ。

(女子と言えば……紫条院さんの女子会は昨日だったか。いいなあ、俺も紫条院さんに会いたい……でもそのための口実がなあ……)

メールでのやり取りはしているものの、夏休みであるため最近は直接会っていない。正直、とても彼女の姿が恋しい。

この時代じゃテレビ電話もそう気軽にできるもんじゃないし……。

「……会いたいな……」

呟《つぶや》きながら、俺はごく当たり前に洗面所へ足を向けた。

雨に降られて身体《からだ》のあちこちが濡れており、服を洗濯機に入れなきゃいけないし、タオルも欲しい。本当に当然の行動だ。

洗面所に明かりが点いているのは気付いていた。

だが香奈子は台所におり、車庫に車が戻っていないので母さんがまだ帰っていないのも明白だ。だから、それを単なる電灯の消し忘れだと思った俺に何の罪があろう？

そうして、俺は洗面所の引き戸を開けた。

何の気負いもなく、思いっきりガラッと。

そして――

「ひゃ……っ!?」

「――――――――」

いるはずのない存在を視認し、聞こえるはずのない声が鼓膜に響く。

それにより俺の頭のヒューズが飛んで、思考が一時シャットダウンした。

二秒後に再起動した脳に浮かんだのは、幻覚、妄想、白昼夢という現実誤認に連なるワードだった。彼女がこんなところにいる訳がなく、これは俺の浅ましい願望が見せる虚像だという平和な結論を見いだそうとしたのだ。

……現実逃避ができたのはそこまでだ。

無慈悲な事に脳は正気を取り戻し、俺にこれが現実だと告げてくる。

俺の憧《あこが》れの少女——紫条院春華が素肌を晒《さら》した状態で、自宅の洗面所に立っているのだと。

(は、え、な、ふぁ……!? な、何だ!? 訳がわからんってレベルじゃない……! 何がどうなって……どこがどうバグったらこうなる!?)

いや、だっておかしいだろう……!

いつものように家に帰宅したら紫条院さんがウチの洗面所に立っていて、肌着の上に前のボタンが全開になったシャツを着ているのだ。

現実にこんな理屈抜きの超展開があり得るのなら、ある日いきなりターミネーターが居間でお茶を啜《すす》ってた、なんて事もアリになってしまう。

「に、ににに、新浜君……!? あ、あ、ああああ! ち、違うんです! このシャツはやむなくお借りしただけで、私に匂いを楽しむような倒錯的な趣味がある訳じゃ……!」

紫条院さんは口元に近づけていた腕をがばっと下ろし、本来悲鳴を上げるべきだろうに、何故《なぜ》か顔を真っ赤にしつつよくわからない理由で狼狽《ろうばい》していた。

「し、信じてください……！　このまま特殊な嗜好《しこう》の女の子だと思われたら生きていけません——！」

「ちょ、紫条院さん！　前！　前ぇ——！」

涙目になって何事かを訴え、紫条院さんはどんどん俺に近づいてくる。

だがその格好は前のボタンを留めていないシャツ一枚という有様で、ほぼ下着姿である少女の身体がどんどん俺の視界に迫ってくる。

ピンクのブラに包まれた巨大な二つの果実、普段秘されているスカートの中のショーツ、白く引き締まったウエストと扇情的なおへそ——俺の中にある男子の本能が本来拝む事ができないその肢体に釘付《くぎづ》けになる。

「か、格好！　自分の格好を思い出してくれ！　ほとんど裸だぞ！」

「え……あ、ひゃあああああ!?　す、すみません……！」

ようやく自分の露出度を自覚したようで、紫条院さんは気の毒なほど顔を朱に染めて、手でシャツを閉じてそのましゃがみこむ。

とりあえず俺の精神的容量がパンクする事態はギリギリ避けられたが——

（いや、けど……本当に何なんだこの状況!?　そもそも何で紫条院さんが俺の家にいて半裸になってるんだ!?　なんもかもわからん……！）

「兄貴……」

「か、香奈子⁉　いや、これは違……っ！」

騒ぎを聞きつけて駆けつけたらしき妹が、ジト目で俺を見ていた。

いや待て……！　確かに紫条院さんの下着姿を見た罪は認めるけど、これで軽蔑《けいべつ》するのはちょっと酷《ひど》いだろ⁉

「いや、まあわかってるんだけどね……」

ふーっとため息を吐《つ》いて香奈子が呟く。

「え？」

「フツー雨に降られて帰ってきたら洗面所行くし、ママはたまに新しい靴を買ってくるからママと同じくらいのサイズの紫条院さんの靴に気付けっていうのも、ちょっとキツいと思う。そもそも、お茶を淹《い》れるのに集中してて、兄貴が帰ってきた事に気づけなかった私が一番悪いし」

「お、おお……！」

ラブコメだと例外なくぶっ飛ばされているシーンで、冷静に考察する妹に俺は感動した。

「でも――」

お前にそんなな理性的な思考ができるなんて、お兄ちゃんは感動したぞ香奈子！

「へ？」

え、お前なんで俺の背後に回るの？

「それでも兄貴が紫条院さんの下着姿を見ちゃったケジメはつけないとだし、このすっごいややこしい状況に収まりをつけるには結局ラブコメ漫画のテンプレをするしかないの！　という訳でちょっと理不尽だけどおりゃああああああ！」

「がばぁっ⁉」

香奈子の助走跳《と》び蹴《げ》りが俺の背中に炸裂《さくれつ》し、吹っ飛ばされた俺はズシャーッと廊下に突っ伏す。

「に、新浜君ー⁉」と半裸の紫条院さんが心配した声をあげてくれるが、そっちの方に視線を向けちゃいけないのが辛い。

というか……そろそろ誰か状況を説明してくれない……？

七章　春華、新浜家に歓迎される

「そんな事になっていたとは……」

俺、紫条院《しじょういん》さん、香奈子《かなこ》の三人は新浜家の居間でテーブルを囲んでいた。

洗面所の騒動の後、着替え終わった紫条院さんと香奈子を連れ立って居間へ移動し——今ようやく事情説明を聞き終えたところだ。

「香奈子のために雨の中走ってくれたなんて……本当にありがとう紫条院さん。ほら香奈子、お前ももう一回お礼を言え」

「うん、勿論《もちろん》！　春華ちゃんありがとう！」

「わ、わわ……！　二人とも頭なんか下げないでください！　本当にただお財布を拾っただけですから！」

俺たち兄妹《きょうだい》が頭《こうべ》を垂れて感謝を告げると、紫条院さんはわたわたと慌てた。

しかし香奈子……お前今日初めて会った相手に『春華ちゃん』って……そりゃ紫条院さんは全然気にしてないみたいだけどさあ……。

「それとその……さっきの洗面所での事は本当に悪かった……。俺と香奈子の不注意でとんでもない事を……」

「い、いえ、単なる事故ですし……ええと、その、お見苦しいものを見せてしまってすみません……」

紫条院さんの恥じらいの言葉に、俺の脳裏にさっきの洗面所での光景がフラッシュバックする。

真っ白な紫条院さんの肌。

この世で一番好きな女の子が、薄いシャツと肌着だけを身につけた姿は興奮するよりも女神かと思えるほどにただ美しくて――まぶたの裏に焼き付いて中々消えそうにない。

（しかも……紫条院さんが今着ているのは俺のシャツなんだよな……）

さっきの〝事故〟を思い出したようで、紫条院さんは頬を赤く染めていた。

そんな恥じらいを見せる彼女が俺のシャツを着て自分の肩をぎゅっと抱いている。その姿は俺の中で何か熱いものをかき立ててしまう。

湯上がりで肌に赤みがさした紫条院さんの素肌と俺のシャツが触れていると思うと、どうしようもなくドギマギする。

香奈子が『ふふふ、スカートはママので間に合ったけど、胸の大きさ的に上着は兄貴のシャツを貸すしかないでしょ～？』とニタニタ顔で言っていたのが、俺のこの童貞的な動揺を見越しての事なら、めっちゃ効いてるよ畜生と言わざるを得ない。

「いや、その……とにかくごめんな……」

「うん、本当にごめんね春華ちゃん。……でもお見苦しいどころか春華ちゃんの素肌とか値千金だよね。普通は拝むだけで三万円は取れそう」

「生々しい金額を言うなアホぉ！」

人が思っても言わなかった事をあっさり口にするな！　お客さんの前なんだからちょっとはいつものノリを引っ込めろ！

「もう、その事はいいですよ。それにしても……ちょっとホッとしました」

「え……」

香奈子が淹れたお茶（お茶っ葉が交ざっていたので俺が茶こしで濾過《ろか》した）を一口飲み、紫条院さんが言った。

「思いもしなかった形ですけど……こうして久しぶりに新浜君に会えてとても嬉《うれ》しいです。ちょうど会いたいと思っていたので……」

「ふぇ!?」

紫条院さんの微笑《ほほえ》みながらの言葉に、何故《なぜ》か香奈子が目をむいて驚く。

ん？　どうしたんだお前？

「ああ、俺も会いたいと思ってたから、こうして久しぶりに紫条院さんの顔が見られて嬉しいよ。ここんとこ、ずっとメールだけだったからな」

「ほぁぁ⁉」

こうして顔を合わせると、明らかに自分の心が喜んでいるのがわかる。

枯渇しかかっていた紫条院さん分（紫条院さんに接触すると摂取できる万能エネルギー）が俺の心に満ちていくのがわかる。

……しかしさっきからどうした香奈子。

「ちょ、ちょっと兄貴……！」

「ん？　お前本当にどうし――ぐえ⁉」

香奈子が俺の肩を摑《つか》んでぐいっと回転させるように回し、俺の対面に座る紫条院さんの視線から外す。そして、自分の顔を近づけて何やらボソボソと小声で言い始める。

（な、なんなの今の⁉　お互いナチュラルに『会いたかった』とか言ってたけど、あんなの完全に恋人同士のやり取りじゃん！　いつの間に紫条院さんを完全攻略したの⁉）

（あー……いや、俺もちょっと感覚が麻痺《まひ》してたけど、紫条院さんのあの言葉は純粋にそう思っているだけで、ラブ成分がある訳じゃないんだ）

（は⁉　マジ⁉　あ、あれが友達感覚の台詞《せりふ》なの……⁉　天然とは聞いていたけど限度があるでしょ⁉）

（ああ、アレを言ってもらえる男子は今のところ一番近い距離にいる俺だけだろうし、そ

ういう意味では特別ではあるけど……残念ながらハートマークはついていない）

この天然さこそが紫条院さんから今まで数多《あまた》の男子を退けた防壁であり、俺もまだ攻略途中だ。確実に距離は縮まっているはずなので、焦ってはならない。

（ちなみに、俺が紫条院さんに発する言葉には常にハートマークが付きまくってる）

（知ってるよ！　そんな嫌ってほど知ってる情報要らないって！）

『耳にタコができてる』と言わんばかりの顔で、香奈子が小声で器用にツッコミを入れる。

……ちょっと普段から紫条院さんへの想いを聞かせ過ぎていたようだ。

「あはは、内緒話してごめんね春華ちゃん！　ちょっと兄貴に『いつも兄貴が家の中で紫条院さんの話をしてる事を言っちゃった♪』ってゴメンナサイしてたの！」

ちょ、えええええええ⁉　お前、俺の家での発言をどこまでバラした⁉　しかも全然悪びれてないくせに何がゴメンナサイだ！

「ええ、私も香奈子ちゃんにそれを聞いた時は嬉しいやら恥ずかしいやらで……その、新浜君？」

「は、はい⁉」

「あんまり私の恥ずかしい事は香奈子ちゃんに教えないでくださいね？　笑われるかもしれませんけど……私は頼れるお姉さんとして見てもらいたいんです！」

ええと……どの部分の話だ⁉　紫条院さんの話は香奈子に言いまくってるから『恥ずか

しい事』が一体どのエピソードなのか全然特定できない……！

「まあ、私も家では新浜君の話はしょっちゅうしているので、人の事を言える筋合いはないんですけど……」

「おお、そうなの⁉　兄貴のどんな事を話してるの⁉」

「ふふ、それはもう沢山です！　新浜君の凄《すご》いところ、助けてもらった事、今日はどういう話をしたとか言い尽くせません！」

興味津々の顔でグイッと身を乗り出す香奈子に、紫条院さんは何故か上機嫌で話の内容を語る。

本当に短時間でめっちゃ仲良くなったなこの二人……。

「ただ……私が新浜君の話をするとそのたびにお父様が何故か苦虫を噛《か》み潰《つぶ》したような顔になって、何かをこらえるみたいにプルプルし始めるんですけど」

予想通り、俺の話題が出るたびに時宗《ときむね》さんのムカつきメーターが上昇してるうううう⁉　やめてくれ！　俺の事を話してくれるのは嬉しいけど、これ以上時宗さんの噴火ゲージを溜めないでくれ！

「あははははははは！　春華ちゃんのパパ面白すぎぃ！　めっちゃピキピキしているみたいだけど頑張ってね兄貴ー！」

「笑いすぎだこんにゃろう！」

完全に面白がりやがって……！　こっちはあの心臓がパンクしそうな圧迫面接を思い出して笑えないっての！

「それにしても、香奈子ちゃんはお兄さんが大好きなんですね」

「へ？」

紫条院さんが微笑《ほほえ》ましそうに笑みを浮かべ、馬鹿笑いしていた香奈子は完全に虚を衝《つ》かれた様子で固まった。

「さっきから、兄妹で触れ合うたびに凄く嬉しそうです。本当にお兄さんと仲がいいんだなってわかります」

「な、な、な……！」

一切の他意なく素直な感想を述べる紫条院さんに、香奈子は珍しく言葉を詰まらせて動揺していた。

こいつのこんな顔は本当に珍しい。

「そ、そんな訳ないし！　というかそれじゃまるで私がブラコンみたいじゃん！」

「そうですか？　さっきお風呂《ふろ》で新浜君の話をしている時も凄く生き生きとしていましたけど……」

声を上ずらせて否定する香奈子に、ふわふわした言葉の追撃が決まる。

その効果は抜群であり、みるみるうちに香奈子の顔が赤く染まっていく。

「～～～～っ！　あーもー！　この話終わりー！　終わりったら終わりー！」

腕をブンブン振って香奈子が強引に話を打ち切る。

顔をプイッと背けるのがちょっと可愛《かわ》い。

（す、凄い……あの香奈子が顔を真っ赤にして黙るなんて……）

俺は紫条院さんの純粋さや天然さに改めて感心していた。

からかう意図などなく、ただ感じたままを純粋に告げる天使の言葉は、対話する人間の心を映す鏡となってしまうため反論できないのだ。

「ふふ、恥ずかしがっている香奈子ちゃんがすっごく可愛いです。本当に新浜君が羨《うらや》ましいですね」

「だろ？　ちょっと兄を敬う気持ちは足りないけど、自慢の妹なんだ」

ちょっぴり拗《す》ねてしまった香奈子を見て、俺と紫条院さんは思わず顔をほころばせた。

香奈子がこうして顔を朱に染めているなんてレアなので、ことさらにこの状態を可愛いと思ってしまう。

「ちょおおおお!?　どさくさに紛れて何言ってんの馬鹿兄貴!?」

「なんだよ、自慢の妹だってのはマジで思ってるんだぞ？」

「く、悔しい……！　兄貴ににんまり顔で見られるなんて……！」

はは、いっつもお前が占有しているポジションをちょっと間借りするくらい許せよ。

「ま、まあ、兄妹だし仲良くできればいいとは思ってるけど、別に私が兄貴にかまってもらいたいとかそういう事はないんだからね⁉　ちょっ、二人してそんな微笑ましそうな顔やめてったらー！」

未だに顔の紅潮が引かない香奈子が可愛く声を荒らげて文句を言うが、それを聞いた俺と紫条院さんは、ほっこりとした笑みをますます深めてしまう。

と、その時——穏やかな雰囲気に満ちた居間に、タイヤがアスファルトの水を撥ねる音と、車のエンジンの唸《うな》りが響いた。

「あ……母さん帰ってきたみたいだな」

学生の俺たちは夏休みだが、勤め人である母さんは今日も仕事だった。

（今朝の出勤前に母さんから『あんたたちは夏休みでいいわねえ……』ってしみじみと言われたけど、二度目の人生の今はその心境がわかるなー……）

社会人にまとまった夏休みはない。それどころか春休みも冬休みもないのだ。

だから社会人は自由に夏を満喫する学生たちを羨み、定年まで縁がない長期休暇を想い、戻らない学生時代を懐かしむのだ。

ちなみに普通の会社なら盆休みかそれに相当する数日の夏期休暇くらいはあるが、俺の勤めていたクソ会社にそんな上等なものは当然のようになかった。

と、そんな事を考えている間に玄関が開く音がして、聞き慣れた足音がパタパタと居間へ近づいてきていた。

「ただいまー！　いやもう、すっごい雨だったわ！」

ハンカチで髪についた雫《しずく》を拭《ぬぐ》いながら、母さんはスーツ姿で現れた。

紫条院さんの母親である秋子《あきこ》さんほどではないがとても若く見えるタイプで、高校生の息子がいる年齢には見えない。

毎日仕事にいくため、ウェーブショートの髪も丁寧にセットしており、肌のメンテや化粧の手抜かりもないバリバリのキャリアウーマンである。

本来――そう、本来とても明るい人だ。

どこかの馬鹿息子がブラック企業で擦り切れる様を見せつけられでもしない限り、元気で健やかな生き方ができる人なのだ。

「ママおかえりー、今日は早かったね」

「ええ、雨がどんどん強くなってきたから早めに帰る事になって……あら？」

そこで母さんは家族以外の存在に気付いたようで目を瞬《しばた》かせる。

「あ、すみません、どうもお邪魔しています……！」

慌てた様子で立ち上がった紫条院さんが、母さんにぺこりと頭を下げる。

育ちの良さがよくわかる美しいお辞儀だった。

「あ、はい……その……香奈子のお友達……？」

「いえ、新浜君の……心一郎君の友達の紫条院春華といいます。どうも初めまして！」

「あ、どうもご丁寧に……心一郎の母の新浜美佳《みか》です……ってこの子の友達……？」

やや緊張しながらもいつもの咲き誇る花のような笑顔で自己紹介する紫条院さんに、母さんはまだ頭の整理が追いついていない様子でお辞儀を返す。

「ちょ、ちょっと心一郎、どういう事⁉　あんたのお友達にしてはこう……このお嬢さん綺麗《きれい》すぎるでしょう⁉」

「どういう意味だよオイ⁉」

そりゃ俺と比べたら月とスッポンなのは認めざるを得ないけどさぁ！

「い、いやでも、本当にどういう状況なの？　こんな可愛い子があんたの友達で、よく見たらあんたのシャツを着てて……え、え？」

いかん、シチュエーションもさる事ながら、紫条院さんがとんでもないレベルの美少女なせいで母さんが凄《すさ》まじく混乱してる。

「まあ、ママにしてみれば『ある日家に帰ったら冴《さ》えない息子がお姫様みたいな美少女を家に連れ込んでいた件』って感じだよねー」

「冴えないは余計だよこんにゃろう！」

というか連れ込んだのは俺じゃなくてお前だろ！　俺的には久しぶりに紫条院さんに会えてめっちゃハッピーだから密《ひそ》かに『でかしたぞマイシスター！』って思ってるけどな！

「ええと、ちゃんと説明するから落ち着いて聞いてくれ母さん。俺も香奈子から話を聞いたばっかりなんだけど――」

自分の息子がどうやってこんな美少女を連れてきたのかがさっぱり想像できない様子の母さんに、俺は事情の説明を始めた。

「そ、そうだったの……！　それはもうなんてお礼を言ったらいいか……！」

紫条院さんが香奈子の財布を届けた事及びその後の経緯を説明すると、母さんは紫条院さんに何度も頭を下げた。

「い、いえ、お願いですから頭を下げないでください。もうすでに心一郎君と香奈子ちゃんにもお礼を言われて逆に申し訳ないくらいで……」

新浜家全員から頭を下げられた紫条院さんは、ちょっと困った様子だった。

見知らぬ他人のために雨の中をダッシュした事を、本当に何でもない行為だと思っているのだろう。

（それにしても……『心一郎君』って呼び方すっごくいいな……。新浜が三人もいるからそうしているのはわかっているけど、紫条院さんが下の名前で呼んでくれると心がフワフワと浮かれる……）

ふと俺は妄想する。

紫条院さんがごく自然にそう呼んでくれる甘い関係に至った俺たちを。

『心一郎君！』

『ああ、なんだ春華？』

『ふふ、呼んでみただけです』

（いい……古典的だけど紫条院さんならやってくれそう……）

そこまで頭をピンク色にしたところで「兄貴、顔がキモいって」と香奈子がボソリと囁《ささや》き、ようやく我に返る。

いかん、久しぶりに紫条院さんに会えて俺も相当浮かれているらしい。

「それにしてもあんまり可愛《かわい》い子だからオバさんびっくりしたわ……ってあれ？　紫条院さんって……まさか心一郎がよく話していた女の子!?　え、えええ!?　実在したの!?」

「おいいいいい!?　今まで何だと思ってたんだよ!?」

今世において母さんから『最近学校はどう？』と聞かれるたびに俺は紫条院さんの話をしていた。昔から気弱でいじめられがちだった俺を心配している母さんに、息子の高校生活は充実していると安心してもらうためだったのだが――

「い、いやだって……！　すごい可愛くて優しい女の子と仲が良いとか、そういう設定で見栄をはっているとばかり……！　まさかこんなお姫様みたいな子と本当に友達だとは思わないじゃない！」

香奈子も最初はそうだったが、妄想扱いだったのかよおおお!?

　そりゃ根暗でオタクな自分の息子がいきなり美少女と友達になったとか、俺が親でも悲しい空想扱いするかもしれないけどさあ！

「あ、あの……心一郎君……家で私の事を話してくれるのは嬉《うれ》しいですけど、もしかして実際より色々と話を盛ってしまってます……？　私はそこまで可愛くなんて……」

「いやいやいや、春華ちゃんはめっちゃ可愛いって。その点に関しては兄貴の話は盛ってるどころか足りてないまであるから」

「か、香奈子ちゃん⁉」

　恥ずかしそうに頬を赤らめておずおずと言う紫条院さんに、香奈子が『その美人度で可愛くないとか無理があるでしょ』とばかりにピシャリと言う。

　そして俺と母さんは無言でそれに賛同し、ウンウンと首を縦に振る。

「それにしても……心一郎がいつもお世話になってるなら、なおさらお礼を言わないといけないわね。迷惑をかけていないといいんだけど……」

「と、とんでもないです！　お世話になっているのは完全に私のほうで……！　心一郎君には感謝してもしきれません！」

「そ、そうなの……？」

　紫条院さんの熱烈な反応が予想外だったようで、母さんは驚いた顔を見せた。

「はい！　特にお世話になったのは期末テストの時です！　心一郎君は放課後にずっと私

の勉強を見てくれていたんですが、その教え方がすごく上手で――」

（ちょ……紫条院さん!?）

紫条院さんは何故《なぜ》かハイテンションかつ嬉しそうに俺とのエピソードを朗々と語り出し、今度は俺が赤面する番だった。

何せ、とにかく俺の事を褒めてくる。

勉強のためにこんな資料を独自に用意してくれたとか、それだけ自分に時間を割いても自分の勉強はしっかりやれてて凄《すご》いとか、とても上機嫌で語るのだ。

「そ、それで？　その時にこの子なんて言ったの？」

「私もそこ凄く気になる！」

しかも母さんも香奈子もめっちゃ食いついてるし……。

「はい、『俺を頼りにしてくれて嬉しいから、その信頼に最後まで応えたい』って言ってくれて……とても嬉しかったです」

「「おおおおおおおお!?」」

いや、別に隠している訳じゃないけど台詞《せりふ》の一つ一つまで身内に暴露されると流石《さすが》にかなり恥ずかしい……！　というか母さんも香奈子も身内の事で盛り上がりすぎだろ!?

「それで私はかつてない好成績で、心一郎君は総合順位一位だったんです！　それだけじゃなくて、他にも行事や普段の事でもいっぱい力になってくれました！　心一郎君は本当に凄くてとても素敵な人です！」

澄み切った蒼穹《そうきゅう》のような笑顔で、紫条院さんは言い切った。

胸の内をそのまま言葉にしているのは誰の目にも明らかであり、その気持ちはとてつもなく嬉しいが……それを親にも妹にも聞かれているのは羞恥《しゅうち》の極みであり、思わず赤くなった顔を手で覆ってしまう。

（ね、ねえ、香奈子……この子ってもしかして外見だけじゃなくて中身もすごく純真で綺麗なの……？）

（うん、マジ天使。だって今日だって見ず知らずの私のためにびしょ濡《ぬ》れで財布を届けてくれたんだよ？）

紫条院さんの天使の笑顔を目にした母さんが、ボソボソと小声で香奈子に囁く。

ちなみにその内容は、香奈子の真横にいる俺には丸聞こえである。

（し、しかもこの感じ……！　もしかして……単なる友達じゃなくて、心一郎に対して脈があるの……!?）

（うーん、天然さが入るから読みにくいけど……兄貴が春華ちゃんの中で大きな存在になってるのは確実っぽいよ）

（どうしよう……いい子すぎて母さん全力で外堀を埋めたくなってきたわ……！）

（ふふふ、私は最初っからその気だったよママ……！）

そうして母さんと香奈子は頷《うなず》きあい、ニヤリと笑みを作る。

ちょ、おい⁉　二人で何を妙な同盟を組んでるんだ⁉　というか親子揃《そろ》って紫条院さんに対しての好感度の上昇速度が爆速すぎる……！

『という訳で頑張りなさいね！』的な笑みとサムズアップを向けてくる母親と妹に、俺は反応に困って曖昧《あいまい》な表情を返す事しかできない。

ぐおお……生まれて初めて知ったけど、妹はともかく母親が恋愛事情を応援してくれるのってメチャクチャむずがゆい……。

▶八章◀　お泊まりしていいですか？

紫条院《しじょういん》さんはこのごく短い時間の中で初対面の母さんや妹とあっさり打ち解けており、俺は改めて彼女の天真爛漫《てんしんらんまん》な魅力を思い知っていた。

女三人寄ればかしましいとの言葉どおり、今この居間はすっかりお喋《しゃべ》りな女性たちのお茶会の場となっているのだ。

「それでですね、心一郎君がトドメとばかりに教卓の上で試食用のタコ焼きを焼き始めたんです！　もうみんなビックリして目を丸くしてました！」

「きょ、教室の中でタコ焼き⁉　あ、あの子がみんなの前でそんな事をしていたの⁉」

紫条院さんが語る話題のほとんどは俺に関する事なのだが、母さんはそれらを聞くたびに驚きを露わにしていた。

母さんからすれば、いくら息子が明るくなったとはいえ、学校でそこまで活動的になっているとは想像していなかったのだろう。

「ほらママ、兄貴が急にタコ焼きパーティー始めた日があったじゃん？　アレ実はその練習だったんだよ」

「あ、ああー！　あの時の！　で、でも、そんな事をして学校から何か言われたりしなかったの？」

「あはは、教室中に漂うソースの匂いに先生がすぐに気付いたんですけど、心一郎君ったら怒られる前に大声で『犯人は俺です！　すみませんでしたあああああ！』ってやりすぎなくらいに謝り始めて……その勢いに吞《の》まれて先生も小言を言うくらいしかできなかったんです」

「いやまあ……ああいう時って下手《へた》に隠すより、先制攻撃でドン引きさせるくらい謝ると相手はそれ以上怒りづらくなるんだよ」

もちろんそれも社畜時代に覚えた謝罪法の一種だ。

性格が真っ当で怒りがさほどでもない相手にしか効果はないが、日本における『罪を自分から認めるのは美徳』という感性も相まって汎用《はんよう》性は高い。

「なんというか……ウチの子も知らない間にたくましくなったのね……」

以前の俺では考えられないふてぶてしさを聞いた母さんは、若干呆《あき》れるような声を出しながらも、口元は安堵《あんど》が混じった笑みを浮かべていた。

「はい、心一郎君は以前は寡黙な印象でしたけど……今はすごく活動的で、とっても頼りになります！」

語る紫条院さんも何故かとても上機嫌であり、外の雨なんて気にならないほどにこの場は和やかな空気が満ちていた。

(思えば……今ここには俺にとって大切な人が全員揃《そろ》っているんだな……)

前世で俺のせいで早死にした母さん、その事が原因で疎遠になった香奈子《かなこ》、同僚たちからの壮絶なイジメにより自ら命を絶った紫条院さん――俺が前世で取りこぼしてしまった全てがある。

(眩《まぶ》しいな……本当に)

その三人がこうして仲良くお喋りしている様を眺めていると、思わず目頭が熱くなってしまう。

俺が守るべきだったもの、手を伸ばす事すらできなかったもの。

その尊さをまざまざと見せつけられて、何も救えなかった前世に対する激しい後悔と悲嘆が胸を締め付けた。

「あ……夢中で話していたらもうこんな時間ですね。そろそろお暇《いとま》しないと」

居間の時計を見てもう夕方と言っていい時間になっている事に気付いた紫条院さんは、家に帰ろうと腰を浮かしかけるが――

「きゃっ⁉」

窓の外で稲光が輝き、何秒か遅れて大気を震わせる雷鳴が響き渡る。

雨の勢いは衰えないばかりかむしろ激化しており、とても出歩けるような天気ではない。

「これは……ちょっと普通の降り方じゃないな。霞《かすみ》みたいなものまで出てるし……」

「春華《はるか》ちゃん、これ歩いて帰るのは流石《さすが》に無理っぽくない……？」

「そ、そうですね……なら家に電話して迎えの車を出してもらうしかないんですけど……」

「うーん……私がさっき帰ってくるときでもかなり運転が怖い感じだったけど……ちょっとテレビで気象情報を見てみましょうか」

母さんが居間のテレビをつけると、ちょうどキャスターが天気情報を読み上げている最中であり、テロップには『突然の豪雨につき各所で渋滞』の文字が躍っていた。

『現在市内では猛烈な雨が降っており、落雷による踏切の故障が一件、車両による交通事故が四件発生しています。これにより各所で渋滞が発生しており、解消の見通しは立っておりません。また非常に視界が悪くなっているため、車の運転を含む外出は控えるよう注意を呼びかけています。なおバスや電車は全面的に運転を見合わせており――』

スタジオから現場にカメラが切り替わると、雨の勢いが強すぎて全体的に白っぽく霞んだ街中が映り、事故車両が道路を塞《ふさ》ぐ様や、それによって発生したギュウギュウの渋滞などが映されている。山間部や川のそばの区域には避難勧告も出ているようだ。

「「「「………」」」」

想像より相当酷《ひど》い有様に、その場の全員が言葉を失う。

確か今朝の予報では『やや強い雨』程度だったが、どうやら予想より遥《はる》かに大規模なレベルとなってしまったらしい。

「こ、ここまで酷くなっているなんて……流石にビックリです」

「私が車で帰ってこられた時はギリギリセーフだったみたいね……。ここまで酷くなるとお迎えの車を出してもらっても渋滞でなかなか動きそうにない上に、視界がひどくてかなり危ないわね」

「ああ、ヤバイ時の雨は舐《な》めちゃダメだもんな……」

母さんに同意しつつ、俺は前世のクソ会社が大雨の時でも『たかが雨だ！　台風じゃあるまいし休みになる訳ないだろ！』と平気で出勤を命じていた事を思い出していた。

土砂降りの中、俺はなんとかズブ濡れになりながら会社に辿《たど》り着《つ》いたが、車で通勤している同僚は視界不良のせいで自損事故を起こし、肋骨《ろっこつ》骨折で病院送りになっていた。

極端に強い雨はとにかく前が見えないため、暴風を伴わなくてもその危険度は決して軽視してはならないのである。

「ど、どうしましょう……本当に困りました……」

街の惨状を見て紫条院さんは困り果てていた。

紫条院さんの家は郊外にあるので、交通ルートがマヒしてはどうしようもない。危険を覚悟で迎えの車を出してもらうとしても、とんでもなく時間がかかりそうだ。

「なあ……母さん。紫条院さんを――」

「ええ、わかってるわ」

俺の提案を察して、母さんは当然とばかりに頷く。

こんな状況になってしまったら、相手が紫条院さんじゃなくても人としてすべき事は決まっている。

本来なら男の俺がいる家で女の子にこういうお誘いをするのはどうかと思うが、今回は緊急避難措置だ。

「ねえ春華さん。これからご両親に電話で相談すると思うのだけど、その前にちょっとウチから提案があるの」

「え……？」

「道路の状況が回復するまでこのままウチにいない？　それで、もし今日中にどうにもならなかったら泊まっていってほしいの」

＊

私――紫条院秋子《あきこ》は、最近娘と仲が良い男の子が現れてとても微笑《ほほえ》ましく思っている一人の母親だ。

いつもぽやぽやしていると言われがちな私だけど、家政婦の冬泉《ふゆいずみ》さんからの報告を受けたこの時ばかりは夫と一緒に顔を青くしていた。

「え⁉　まだ春華は帰ってないのぉ⁉」

「な、なんだと⁉　もうバスも止まっているぞ⁉」

今日の雨はちょっと異常で、暗雲に覆われた空から降り注ぐ滝のような雨で窓から見える外はすこぶる視界が悪かった。

冬泉さんが言うには春華はこんな日にうっかり出かけてしまい、まだ帰ってきていないらしい。

「それは……流石にちょっと心配ねぇ……」

社長である夫の秘書のような役割を担っている私は、早めに帰ってきた時宗《ときむね》さんと一緒に持ち帰った仕事をさっきまで書斎で片付けていたのだけど……難しい書類との格闘に集中していて、リビングに戻った今この時まで雨の激しさに気付いていなかったのだ。

「す、すみません！　今日はずっと地下倉庫で掃除をしていて、お嬢様が帰っていない事に気付くのが遅れました……！」

冬泉さんが半泣きになりながら何度も頭を下げる。

確かに冬泉さんには春華に気を配る事もお願いしているけど、この広すぎる屋敷の中だとそういう事もある。

「あ、あああ春華……！　い、いかん！　こうしている間にもあの子が雨に打たれて震えているやもしれん！　いや、それどころかこの視界が最悪な状況だと川に転落したり交通事故に遭っている可能性も……！　うおおおお！　今行くぞ娘よおおおおお！」

「もう、落ち着きなさいって時宗さん！　仕事している時はクールなのにどうしてそう娘が絡むと知能指数が下がっちゃうの！」

今にも飛び出して行きそうな夫の肩をガッチリ摑《つか》んで引き留める。

まったくもう！　こういう時に父親が冷静にならなくてどうするの！

「こういう時は慌てずにまず携帯に電話を……!?」

手に取った携帯電話に娘の番号をコールしようとしたまさにその時、着信メロディが鳴りだして、そのモニターに『春華』という名前が表示される。

「はい、もしもし！」

『あ、春華ですお母様！　心配かけてすみません！』

「もう本当に心配したのよ！　でも何事もないようでよかったわぁ！」

その普段通りの声からして特にトラブルに巻き込まれている様子はなく、私は心からほっとする。

「ああ、お嬢様、良かった……」

「ふう、どうやら大事ないようだな。まったく心配させおって」

私の様子から問題なさそうだと見た冬泉さんが胸《むね》を撫《な》で下《お》ろし、時宗さんはさっきまであれほど慌てふためいていたくせに『やれやれ仕方のない奴だ』みたいなクール顔になっていた。

「それで今どうしているの？　うん、うん……え、ええ⁉　あなたって今新浜君の家にいるの⁉」

「………は？」

私の驚きの声がリビングに響き、時宗さんが呆《ほう》けたような声を出した。

自分が聞いた言葉の意味を頭が咀嚼《そしゃく》しきれていない様子で、怒るというよりあまりの訳のわからなさに呆然《ぼうぜん》となっている。

「え？　どういう経緯でそんな……ふん、ふん、え、そんな偶然が……？　え⁉　新浜君の家でお風呂《ふろ》まで入ったのぉ⁉」

瞬間、放心状態だった時宗さんの身体《からだ》がぐらりと傾き、そのまま糸の切れた操り人形のように床にバタリと倒れた。

「きゃあああ⁉　だ、旦那《だんな》様ー⁉」

どうやら過度のショックに心が耐えられなかったみたいで、「ふ……ろ……？　あ……う……？」と魂が抜けたみたいな呻《うめ》き声を出しながら、虚ろな視線を宙空にさまよわせている。……まあ、とりあえず放っておきましょう。

『それで今、雨が強すぎるからとお泊まりの提案をして頂いて……心苦しいのですけど、私としてはご厚意に甘えようと思っているんです』

「そ、そんな話になってるの!?　で、でもそうね。ちょっと驚いたけど私もこの状況ならそうさせて頂くのが一番だと思うわ！　向こうのお家《うち》に失礼がないようにね！」

新浜君の事はすでによく知っているし、この記録的な豪雨が降り注いでいる状況だとどちらにせよその場から動く事ができない。であれば、この場合は向こうの家に甘えるしかない。

『ありがとうございますお母様！　あ、それとちょっと新浜君のお母様が代わりたいそうなので……』

「え？　新浜君のお母様が？」

『どうも初めまして……心一郎の母の新浜美佳《みか》と申します』

電話の向こうから聞こえてきたのは、やや緊張した女性の声だった。

いつか新浜君の親御さんともお会いしてみたいとは思っていたけど、こんなにも早くその機会が巡ってくるなんて……！

「あ、はい、どうも春華の母の紫条院秋子と申します！　このたびは娘が大変お世話になったばかりか、とてもありがたい提案までして頂いて何とお礼を言ったらいいか！」

『い、いえ、そんな……！　元はと言えばウチの娘のお財布を春華さんが届けてくれた事が話の始まりなので……！』

新浜君のお母様はとてもできた人で、こちらのお礼に恐縮するばかりか『普通なら息子のいる家に娘さんを泊まらせるのはどうかと思いますが……緊急避難という事でご理解ください』と非常に気を遣ってくれていた。

「いいえ、とんでもないです！　息子さんはとても誠実な男の子だと知っていますし、お宅に春華を預けさせて頂く事に何の不安もありませんわ！」

実際この状況では迎えに行くリスクがとても高いので、明日《あした》まで預かってもらうのが最善だし、それが信頼できる新浜君の家なのはむしろとても幸運だ。

それに……節度の範囲であれば二人にちょっとした『接触』があってもいい。

「ふふ、むしろ春華がはしたなくも新浜君とベタベタしたがっても、どうかある程度許してあげてくださいな♪」

『え、え、え!?　秋子さんはそういう感じなんですか!?　私としては春華ちゃんはちょっと言葉にし難いほどの良い子だったので、そうなったらいいなと思っていたところですが……息子はそちらでは良く思われないとばかり……！』

「ふふふ、私は新浜君の事をとても気に入っていますよ～。まあ夫は過保護なので少々アレですが……私としては強く『応援』していると思ってくださって結構ですわ！　はい……ええ……はい！　ではそちら様もじっくりと『見守って』あげてくださいませ！」

どうやら春華は向こうの家でかなり気に入られたようで、新浜君のお母様も応援モードに入っているようだった。娘の恋愛事情にまた一つ進捗《しんちょく》があった事に私はつい笑みを深めてしまう。

「至らない娘ですがどうかよろしくお願いします！　もし天気が回復したら迎えに行く事もありえますけど、この雨の勢いだとおそらくこのままお泊まりをさせて頂く事になると思いますので――」

「オ……ト、マ、リ……？」

床に倒れたまま現実に魂が追いついていない様子だった時宗さんが、その言葉を聞いた瞬間にピクリと反応する。

「オトマリ……おとまり……？　お、おおおおお、お泊まりだとおおおおおおおおおおおおおおおお!?」

がばっと身を起こした夫がこの世の終わりみたいに絶叫する。

あ、まずいわこれ。

「え、今の声ですか？　うふふ、何でもありませんわぁ！　ではそういう事でひとまず失礼します！」

「待て！　待て秋子おおおおおおおおおおお！」

私に大声で訴える時宗さんを無視して通話を終了する。

このままだと、夫の余計な声が向こうに聞こえまくってしまう。

「おいいい⁉　どうして切った⁉　春華があの小僧の家に泊まるなんて絶対阻止しないとダメだろう⁉　女友達の家に泊まるのとは訳が違うんだぞ！」

「まあ、時宗さんの言う事も一理あるわ。私も高校生の身で男の子の家にお泊まりするのは少々はしたないと思うもの」

何もない時に春華が『新浜君の家に泊まってきます』と言ったら流石《さすが》に私も許可していない。新浜君との仲は応援しているけど、そこは親としての線引きの問題だ。

「だろう⁉　だったら……！」

「けどこの状況じゃ話は別でしょ？　迎えに行けそうだったらもちろん行くけど、こんなに視界が悪い中で春華を迎えに行くのは、車を運転する人も乗せて帰る春華も危ないじゃない。しかももうすっかり遅い時間だし、お泊まりを前提にしないといけないのはわかるでしょう？」

まあ、不可抗力とはいえせっかくのお泊まりなんだから、高校生に許される範囲でしっかり仲を深めてきなさいとは思ってるけどね♪

「うぐ……！　そ、それはそうだが……ぐぐ、ぐううううううう……！」

窓の外に見える土砂降りの光景を指さして言うと、時宗さんは痛恨の呻き声を上げた。

私の言葉が正論だと理解はできても、感情は血の涙を流すレベルで納得できていないようだった。

「し、しかし、このままじゃあの小僧と娘が一つ屋根の下で一晩過ごす事になってしまう……！　春華の湯上がり姿を見てあん畜生が興奮して獣になったりしたら……！　ああああああああああああああああああああ……！」

「それを実践したあなたが言うと生々しいわねー」

まあ、私達の場合、あの時はもう大人だったけどね。

若かったわー。

「ううう……そもそもどんな偶然で春華はあいつの家に……は……!?　まさか……あの小僧謀ったか!?」

「はい？」

「この大雨を見越して春華を呼びつけて、ビショ濡《ぬ》れになったあの子を風呂に入らせ、そのまま親に会わせる。天使な春華を見て気に入らない親なんている訳もなく、雨の強さも手伝ってお泊まりという話になり、そのまま夜に家族の目を盗んで……！」

「いや、新浜君がどうやって天気予報大ハズレの大雨を見越すのよ。あの子は超能力者か未来人なの？」

私のツッコミもどうやら聞こえていないらしく、時宗さんは脳内妄想をヒートアップさせて勝手に盛り上がっていく。

「させるかあんにゃろおおおおおお！　おい、ちょっと今から私が車を出して迎えに行ってくるぞ！　帰りはいつになるかわからんが必ず春華を連れて帰る……！」

「はあ!?　ちょ、ちょっと時宗さん！　このメチャクチャな天気で何言ってるの!?　冬泉さん！　ちょっとこの親馬鹿社長を取り押さえるの手伝って！」

「は、はい！　落ち着いてください旦那様！　社長がこの雨で事故にでもあったら会社はどうするんですか!?」

「は、離せえええええええ！　娘が男のいる家に泊まるなんて、男親としてどうあっても納得できないんだああああああああ！」

組み付いた私に顔面を締め上げられつつ、世間で『天才社長』とか『時代の成功者』とか言われてる時宗さんは駄々っ子のように叫びもがいた。

＊

「あの、両親の許可も得られましたので、図々《ずうずう》しくもご厚意に甘えさせて頂こうと思うのですけど……本当によかったのでしょうか……？」

「ええ、もちろんよ！　自分のお家と思ってくつろいでね！」

おずおずと言う紫条院さんに、母さんは喜色満面で答える。

性格も外見も可愛さMAXな紫条院さんの事がかなり気に入ったようで、まるで孫が泊まりにきたおばあちゃんみたいなテンションになっている。

（それにしても、なんか電話の最後に時宗さんの絶叫が漏れ聞こえていたような……いやまあ、きっと気のせいだな。そうに決まってる）

紫条院さんのお泊まりは不可抗力の事態なのだ。

俺に一切の罪がないのは時宗さんだってわかってくれるはずだよ。うん。

（しかし……紫条院さんがウチに泊まるとか、冷静に考えるととんでもない事すぎるだろこれ……うわ、なんだか今更ながらドキドキしてきた……！）

紫条院さんをウチに泊めるように母さんに促したのは俺だ。

だがそうさせたのは天災の時は助け合うべきだという社会人としての常識と理性であり、それが意味する事を理解はしていても実感はしていなかったのだ。

「うふふふ……良かったねえ兄貴？　お泊まりだよ、お・と・ま・り！　こりゃもう熱い一夜を過ごせと言わんばかりのイベントだし！　このシチュエーションに持って行った妹に今度トリプルアイスくらいおごるべきだよね！」

「ええい、そのニヤニヤ顔やめろっての。あとお前には感謝してなくもないけど、財布落っことしたのは反省しろよ？」

まったく……こっちは降って湧いたイベントに対して平静じゃないのに、『最高に面白くなってきたー！』と言わんばかりの下世話な顔しやがって。

「それじゃあ、さっそく母さんが腕によりをかけて料理を……ひっ⁉」

突如母さんの携帯から着信メロディが響き、それを聞いたキャリアウーマンは小さく悲鳴を上げる。その様を見て、俺は何の電話が来たのかを全て察する。

うわぁ……きちゃったかー……。

「はい、新浜です……あ、はい、こっちはかなりの雨で今日は全員帰宅していまして……え、えええ⁉　あ、いえ、はい……はい……ではこれからすぐにやってなんとか明日までにメールで送ります……はい、承知しました……では失礼します……」

まるでかつての俺のようなやりとりをして、母さんがげっそりした顔で電話を切る。俺の予想通り、社会人のプライベートを殺すお知らせだったらしい。

「その、ごめんなさい……！　ちょっと別の営業所から明日までに仕上げないといけない書類の話があって、今からそれをやらなくちゃいけなくなったの！　という訳で心一郎、本当に悪いんだけど……！」

「ああ、料理は俺がやっておくから、母さんは仕事を片付けてくれ」

「もう、最近のあんたって本当にできすぎで怖いくらいだけど、正直凄《すご》くありがたいわ！それじゃ紫条院さん、いきなりで悪いけど一旦《いったん》失礼するわね！」

「あ、はい、お気になさらず。お仕事頑張ってください！」

の大っ嫌いー！」
「ええ、本当に悪いけどそれじゃ！　ああもう、携帯電話一本で家庭が職場に侵食される
　ノートパソコンを抱えて自室へ向かっていく母さんの後ろ姿を見送りながら、俺はつい
うんうんと頷《うなず》いてしまった。家にいる時に職場から電話がくるとサッと血の気が引くよな。
「さて、それじゃちょっと夕飯を作ってくるから紫条院さんは香奈子と居間でテレビでも
見ていてくれ」
「え⁉　新浜君が料理するのは知っていましたけど、家族分の料理を全部作ったりもして
いるんですか⁉」
「ああ、と言っても毎回って訳じゃないさ。俺自身料理は嫌いじゃないし、働いている母
さんの負担も減らしたくてちょいちょいな。まあ、男子高校生としては変わった事をして
るかもしれないけど……」
「いいえ、とっても凄いですし全然変わった事じゃないです！　お父様も『これからの共
働きの家庭は増える一方になり、男だから家事や料理はできないが通る時代はほぼ終わ
る』って言ってましたし！」
　へえ、時宗さんは五十代のはずだが……流石にその辺の感覚は若いな。
「あ、ちなみに私は食べる専門だから！　目玉焼きすら満足に焼けないし！」
「お前はせめて、茶葉が交ざらないお茶を淹《い》れられるようになれっての」

まったく、普段はあれだけモテ自慢をしているくせに、家庭的な方面の女子力だけは一切磨こうとしないんだよなこの妹は。

「まあ、大人になっても料理下手《べた》だったみたいだし、もう生理的に苦手なんだろうな……」

「は？　大人になっても？」

「あ、いや、こっちの話だ。それじゃちょっと台所にこもってるから、二人ともゆっくりしててくれ」

つい口から漏れてしまった未来の話を誤魔化しつつ、俺は二人を居間に残して台所へ向かった。さて……何を作ろうか？

「うーん、まあ本当に普通の材料しかないな……」

本来なら紫条院さんというお客さんをもてなすためにちょっと見栄えのする料理を作りたいところだが、さすがに何の準備もないためごく普通のメニューになりそうだ。

「オクラのおかか和《あ》え……キュウリとワカメとツナの酢の物……それと人参と大根の味噌《みそ》汁《しる》とか……あ、カワハギあったか。これは煮付けしかないな」

「いいですね！　甘辛いお魚の煮付けってごはんが進んで大好きです！」

「ああ、ごはんの友には最適だよな……って、紫条院さん!?」

振り返ると、そこには母さんのエプロンを身につけた紫条院さんが微笑《ほほえ》みを浮かべて立っていた。な、なんで台所に!?

「ど、どうしたんだその格好……？」

「このエプロンは香奈子ちゃんにお願いして美佳さんのものを貸してもらったんです。じっと待っているのもお客としての礼儀だとはわかっているんですけど、その……できれば新浜君と一緒に料理をしてみたかったんです」

「え……」

長く美しい黒髪の少女は、眩《まぶ》しいまでの快活な笑顔でそう告げてきた。

「新浜君が料理をするって聞いた時から、ずっと思ってたんです。一緒に台所に立ってお話しながらご飯を作って、それを一緒に食べたらとても素敵な時間になるだろうって！」

俺のシャツの上からエプロンを羽織る紫条院さんがあっけらかんとそう言う様に、俺は乙女のように赤面してしまった。

(な、何て可愛《かわい》い事を……！　い、いや落ち着け……紫条院さんの天然ピュア好意は何度も味わっただろ！　いい加減童貞マインドがオタつかないようになれ俺！)

勿論《もちろん》そんな事は無理だ。童貞であろうがなかろうが、大好きな女の子から『貴方《あなた》と一緒に料理してみたかった』なんて言われてドキリとしない訳がない。

「私はお母様や家政婦の冬泉さんと一緒に料理するととっても楽しいから、それを新浜君ともやってみたくて……その、やっぱりご迷惑でしたか……？」

「いやいやいや！　全然迷惑なんかじゃない！　ご覧の通り紫条院さんの家みたいに広い

台所じゃないけど、手伝ってくれたら超嬉《うれ》しい……！」

「ああ、良かったです！　じゃあよろしくお願いしますね。料理長は新浜君なんだからバンバン指示を出してください！」

何がそんなに嬉しいのか、ただ二人で台所に立つと決まっただけで紫条院さんは花咲くような笑顔を見せてくれる。

（それにしても……紫条院さんってば、同級生の男子の家で一泊するっていう緊張感はまるでないぞこれ……！　むしろこの状況にテンション上がってないか!?）

ギャルゲーじゃあるまいし、お泊まりと言ってもご飯を食べてちょっと話して寝るだけ。

……そんな常識的な予感は、妙に上機嫌な天然少女の前では早くも瓦解《がかい》しそうだった。

＊

「新浜君、お味噌汁に入れる人参と大根ってどっちも拍子木切りでいいでしょうか？」

「ああ、それで頼む。いちょう切りでもいいけどウチはいつもそれなんだ」

「はい、了解です！」

魚を鍋《なべ》に並べている俺の横で、紫条院さんが元気よく返事する。

幸いにしてウチの台所はコンロも三口あり、まな板を二つ（肉用と野菜用）を置くスペースもあるので、二人で作業する事に問題はない。

「〜〜♪」

紫条院さんは大根と人参をトントンとリズミカルに刻んでいく。

社長令嬢という肩書きに反してその手つきは鮮やかで、普段からよく料理をしている事を窺《うかが》わせる。

「………」

そしてそんな彼女の姿を、俺はついぼーっと見つめてしまっていた。

エプロン姿の紫条院さんが、ウチの台所で味噌汁を作っている。

まるで奥さんかお母さんのようにまな板に向かって背を丸め、この家の夕ご飯を作ってくれている。

その奇跡のような光景に……前世の俺が永遠に失ってしまったこの家の中で、青春の美しい思い出である愛《いと》しい女の子がいる尊さに目を奪われる。

「あれ？　どうしたんですか新浜君？　なんだかぼんやりしてますけど……」

「あ、いや、悪い。ちょっと料理の手順を思い出してたんだ」

俺は照れ隠しをするように誤魔化して、次の調理に取りかかるべく冷蔵庫から新しい食材を取り出そうとする。

そしてその最中に、味噌汁の具を刻んでいる紫条院さんの背後を通ると——女の子の甘い匂いがフワッと香り、俺の顔がカッと熱くなってしまった。

（う、うわっ！　今めっちゃいい匂いがした！　い、いかん。会うのが久しぶりだからか、紫条院さんの魅力に敏感になりすぎてる……！）

春風のような脳を蕩《とろ》かす香り、息づかい、ちょっと肩が触れ合った時に感じる微《かす》かな体温……その全てが俺の童貞回路を加熱させる。

二人で同じ台所に立つって、想像以上に危険な行為だこれ……！

「お味噌汁の具が切れました！　もう鍋の中にいれちゃいますね！」

「あ、ああ、頼む。それにしても……なんだか紫条院さんもの凄く楽しそうだな」

「はい！　新浜君のお家でお泊まりなんて想像もしていませんでしたけど、なんだかとてもワクワクしているんです！　香奈子ちゃんや新浜君のお母様と話す事も、こうやって余《よ》所《そ》のお家の料理を作る事も、とっても楽しいです！」

外の豪雨なんて嘘のように、紫条院さんは太陽そのままの笑顔で言う。

まるで初めてお泊まりをする子どもみたいに、純粋な気持ちで『楽しい』と口にしている姿がとても眩《まばゆ》い。

「それに……今はとてもすっきりしていますから」

「ん？　すっきりって？」

「はい実は……昨日から人の事で悩みがあって、胸の奥に鉛を抱えているみたいに気持ちが沈んでいたんです」

「な、なんだって⁉」

紫条院さんの口から出た『悩み』という言葉に、俺は血相を変えた。

なにせ、前世において紫条院さんを破滅させた元凶こそ彼女の内なる悩みや苦しみだ。苦痛を抱え込んで心の澱《よど》みを蓄積させてしまい、やがて取り返しのつかない事になってしまったのだ。

それは大人になってからの話だったが、俺が介入しまくった今世では本来の運命が大きく変わっている可能性もある。なので、未知の破滅フラグが高校時代の彼女へ忍び寄っていても何らおかしくない。

「ど、どんな悩みなんだ⁉ いやがらせか⁉ それともストーカーか⁉ 頼むからどんな小さな事でも話してくれ！ 俺じゃなくても、秋子さんや時宗さんに言ってくればどうとでもなるから……！」

畜生、紫条院さんを苦しめるなんて一体どこのクソ野郎だ！ 男か女か知らんが、場合によってはボコボコにしてやる……！

俺の焦りまくった剣幕に、紫条院さんは包丁を手にしたまましばらくキョトンとした表情を見せ——やがて、とても可笑《おか》しそうに、くすっと小さく笑いを漏らした。

「あ、いえ、ごめんなさい。私の『あの悩み』について新浜君がもの凄く真剣に心配してくれる事が、嬉しいのと同時に可笑しくて……でも大丈夫なんです。それは今朝までの話で、悩んでいた事は私の考えすぎだとわかって全部解決したんです」

「そ、そうなのか？」

確かにさっきから紫条院さんが何かに苦しんでいるようには見えない。

そういうのを隠すのが上手《うま》い女の子じゃないし、どうやら本当に悩みは解決したらしい。

（それはいいけど……何でそれを言いながら俺の顔をじーっと見ているんだ？）

「もしかして……その悩みって何か俺に関係する事だったのか？」

「ええと、それは……」

俺がそう尋ねると、紫条院さんは何故か少しだけ赤くなり言葉を濁した。

そしてそのまま何秒か沈黙し――

「ふふ、ちょっと恥ずかしいので……秘密、です」

頬に赤みを帯びたままイタズラっぽい笑みを浮かべ、人差し指を口に当てて紫条院さんは囁《ささや》いた。

その秘密とやらは大いに気になったが、常にオープンな紫条院さんには珍しい恥じらいの表情と『シーッ』というしぐさの方に俺は目を奪われる。

何だかさっきから料理しているより、紫条院さんに見惚《みと》れている時間の方が多いような気がする。

「ひ、秘密か……なら仕方ないな」

「ええ、でもいつかお話して……あ、新浜君！　煮魚がそろそろよさそうですよ！」

「あ、いけね！　って、味噌《みそ》汁の具ももう軟らかくなってないか？」

「あ、本当です！　じゃあもうお味噌入れちゃいますね！」

鍋が煮える音に促され、俺と紫条院さんは料理に戻った。

そして、そこからの進行は早かった。

お互いにノってきたというか、調理が進むごとに俺たちの波長はどんどんシンクロしていったのだ。

「キュウリ切れたけど、そっちの水で戻しておいたワカメはどんな感じだ？」

「はい、ちゃんと瑞々《みずみず》しいワカメに戻ってますからもう和えますね！　あ、オクラは塩ずりしてそっちに置きました！」

「サンキュー！　あ、それと何かもうちょっと作りたくなってきたから追加で玉子焼きとアスパラのベーコン巻きに取りかからせてくれ！」

「あ、ずるいです新浜君！　なら私が一品受け持ちます！」

紫条院さんが言うとおり、二人でする料理はとても楽しかった。

気心が知れた相手との共同作業は、心がとても豊かになる。

息が合うのが心地良く、お互いがお互いの存在を意識して信頼し合う事が、スポーツで感じるような連係の高揚感を与えてくれる。

そして、これは俺だけが感じているのだろうが――ウチの夕飯を作るという日常のサイクルの中に彼女がいてくれる事が、俺の素のままの世界に好きな人が馴染《なじ》んでいるのが、とてもとても嬉しいのだ。

そうして、俺がその楽しい時間を延ばしたいがために提案した追加の品も含め、俺たちは笑い合いながらどんどん工程を消化していく。

楽しい時間は、本当にあっという間に過ぎ去っていった。

＊

「香奈子……あなた何してるの？」

「わわっ!?　ママ、もう仕事終わったの!?」

私こと新浜香奈子は、廊下で不意にママから声をかけられて大いに慌てた。

「いや、ちょっとトイレ休憩しに部屋から出てきたところだけど……本当に何やってるの？　柱の陰に隠れて台所を覗《のぞ》いてるように見えたけど……」

「いやその……とにかくアレ見てよ！」

「え？　……えっ!?　春華さんも一緒に料理してたの!?」

私がビシッと指さした先には、台所で一緒に料理している兄貴と春華ちゃんがいた。

春華ちゃんから『お夕飯作りを手伝いたいので、厚かましいですがエプロンを貸してもらえますか？　新浜君のシャツを汚す訳にはいかないので……』と申し出があり、私は『一緒にお料理イベント来たー！』と喝采《かっさい》を上げ、内心めっちゃニヤニヤしながらそれに快く応じたのだった。

そして、私は全力で出歯亀を開始した。

二人で立つのがギリギリなあの台所で手が触れたりのハプニングが起こったり、兄貴がエプロン姿の春華ちゃんにドギマギしたり、そういう甘酸っぱい状況に期待しての事だったのだけど……。

「おお、紫条院さんの玉子焼きぷるぷるで美味《うま》そうだなー」

「ふふっ、ありがとうございます。新浜君のアスパラのベーコン巻きも見ただけでワクワクしますね。お弁当の華って感じで！」

「今更だけど紫条院さんって料理の傾向が家庭的だよな……俺としてはそういう普通のごはんネタが共有できて嬉《うれ》しいけど」

「それはもう、焼きそばが好物な女ですから！」

「あはは、そういやそうだったな！　そういや今ちょうど縁日の季節で――」

そんな会話と温かい笑い声が台所から聞こえてくる。

最初こそ期待したとおり兄貴が春華ちゃんとの距離の近さに顔を赤くしていたりしたけど、今ではなんかごく自然に通じ合っており、和やかさと笑顔が満ちる空間になっている。

想定していた嬉《うれ》し恥ずかしの方向性とはちょっと違うけど、ある意味私の想像以上に濃密な二人の世界を築いちゃっていた。

「な、なにあのほんわかとした雰囲気？　なんかこう……嬉し恥ずかしな感じじゃないけど、ナチュラルに距離感が近くない？」

「でしょ？　こんなのもう若夫婦じゃんって感じだよね」

料理が進行するごとに二人の息がどんどん合っていき、お互いがあの空気をとても心地良く思っているのが見ているこっちにも伝わってくる。まるで昔からそうであったように、優しい尊重が二人の間にあるみたいだった。

ん？　あれ？　ならむしろ老夫婦って言ったほうがいいのかな？

「けど母さんはびっくりだわ……あんな綺麗《きれい》なお嬢さんと本当に友達だっただけでもウソみたいなのに、あんな空気になるほど仲が良いなんて……も、もしかしてこれって冗談抜きで脈ありとか？」

「ありあり超あり！　以前のクソ雑魚《ざこ》兄貴と違って今のスーパー兄貴は魂がめっちゃイケメンになってるし、脈がない訳ないっしょ！」

「なんであんたが凄《すご》く得意気なの……？」

ママのツッコミを受けながら、私は台所の兄貴たちを見つめていた。

あの二人が仲良くしているのが私はとっても快い。

あんなに素敵な春華ちゃんが、兄貴の事を認めて好意を抱いてくれているのがめっちゃ嬉しいのだ。

「兄貴はマジで本当に本気だから……上手《うま》くいってほしいなあ……」

「ふふっ、本当にそうね。私もあんな素敵な子なら大歓迎よ」

思わずぽつりと口から出た呟《つぶや》きに、ママが微笑《ほほえ》ましそうにくすりと笑う。

（あーもー、マジで頑張ってよ兄貴……！　私はもう春華ちゃんにお姉ちゃんになってもらう気満々なんだからね！）

美味《おい》しそうな匂いが満ちる台所の前で、優しい空気に浸りつつ仲良くやっている二人をさらにウォッチングしつつ、私は心の中でめっちゃエールを送った。

＊

時刻がもう夕方を通り越した頃、俺たちは四人で夕食を共にしていた。

母さんは仕事があったはずだが『どうしても春華さんと食卓を囲みたくて死ぬほど頑張ったわ……！』との事で、やり遂げた顔で部屋から出てきたのだ。

「いやもう、ごめんね春華さん！　お客さんなのにすっかり手伝わせちゃって！」

「いいえ、そんな！　私の我儘《わがまま》で手伝わせて頂いただけですし……それに、とても楽しかったですから！」

「あなたって……笑顔が素敵で本当にいい子ねぇ。オバさん惚《ほ》れ惚《ぼ》れするわ……」

紫条院さんの『ぺかーっ』という効果音がついてそうな輝かんばかりの笑顔を見て、母さんが感嘆するように言う。

そうそう、この心の綺麗さがそのまま表れたような紫条院さんの笑顔は、ピュアさが薄れた大人こそ最も眩《まぶ》しく感じるのだ。

「ふふっ、心一郎君のお母様にそう言って頂けると嬉しいです」

「お、おかあさま……！　いい！　その響きすっごくいいわ！」

紫条院さんは普段から母親に対してそう呼んでいるだけなのだが、お姫様みたいに高貴な少女から『お母様』と呼ばれるハイソな快感に我が母は酔いしれていた。

おそらく、美少女から『ご主人様』やら『お兄ちゃん』なんて呼ばれてキュンキュンする感覚と根本は同じなんだろう。

「それにしても……煮魚とか和《あ》え物とかでなんかザ・庶民ってメニューだけど春華ちゃん大丈夫？　口に合う？」

香奈子が心配した様子で言うが、まあ気持ちはわかる。

冷蔵庫の中身上仕方なかったが、ばあちゃんの家みたいな献立だもんな。

「ええ、美味しく頂いてますよ。そもそも家でもこういう普通の和食が多いですし」

「え、そうなの？　社長さんの家って毎日フランス料理食べてるのかと思ってたけど」

おいおい、いくらなんでもその金持ち像は古風すぎだろ。

そりゃまあ、あの紫条院家の広い食卓に相応《ふさわ》しいのは明らかにそっちだろうけどさ。

「あはは、フランス料理ももちろん美味しいですけど、毎日食べるとどうしてもご飯と味《み》噌《そ》汁《しる》が恋しくなるものなんですよ。特にお父様が会食とかでそういうものを食べる事が多くて食傷ぎみなので、家に並ぶおかずだって本当に普通のおひたしとか煮物とかが多いですし」

「へー、そうなんだ！　やっぱりお米と味噌汁最強じゃん！」

「はい、最強です！　日本人ですから！」

紫条院さんと妹が大きな笑い声を上げ、食卓に温かい喧噪《けんそう》が満ちる。

とても心が安まり、ただ穏やかな喜びだけがある。

（ああ……いいなこういうの……）

いつもは最大三人な新浜家の食卓に紫条院さんがいる。

ただそれだけでこの家の雰囲気が何倍も明るくなった気がする。

その温かさを、紫条院さんと一緒に作った料理とともに噛《か》みしめる。

この味噌汁にしても成分は俺が普段作っているものと変わりないはずだが、やっぱり好きな人が作ってくれたものだと思うと何十倍にも美味く感じる。

気持ち悪い妄想だと言われたら返す言葉がないが……つい夢想してしまう。紫条院さんが俺のために毎日こんな味噌汁を作ってくれる日々を。

もしそんな夢が叶《かな》ったら、俺は間違いなく世界一の幸せ者になれるだろう。

「ほらほら、春華ちゃんもっと食べて！　ほら、あーん♪」

「わわっ⁉　あ、ありがとうございます！」

すっかりはしゃいでいる様子の妹が箸《はし》でつまんだアスパラのベーコン巻きを差し出し、紫条院さんは若干照れながらもそれを口で受け入れる。

香奈子の奴、すっかり紫条院さんに懐いたなぁ……。

「んむ……ふふ……ちょっと変な感じですけど、妹に食べさせてもらってるみたいで楽しいです。その、私もやっていいですか？」

「もちろん！　春華ちゃんみたいに綺麗なお姉ちゃんの『あーん』とか大歓迎だから！」

「そ、そうですか！　で、では失礼して……あーん」

紫条院さんは一人っ子のせいかお姉ちゃんと呼ばれる事が妙に嬉しいらしく、ちょっと浮かれた様子で香奈子へお返しの『あーん』をする。

それに対して我が妹は「んー美味し！　やっぱり綺麗なお姉ちゃんに食べさせてもらう

と味が違うよね！」とキャバクラのおっさんのような感想を述べる。

「あ、そう言えばさあ――」

そこで、急に香奈子の声によこしまなものが滲《にじ》む。

ん、なんだ？　こいつどうして口の端を上げて俺を見ているんだ？

「聞いてよ春華ちゃん！　兄貴ってば女の子に『あーん』してもらうのが夢なんだって！」

「ぶぼっ⁉　な、何言ってんだお前えええ⁉　俺がいつそんな……！」

「え？　兄貴が中学の時言ってたじゃん。なんか純愛系の漫画見ながら『女の子にあーんしてもらったら死んでもいい……』って」

え……⁉　あ、いや、そう言えば……！

確かに中学生の頃（今の俺にとっては体感的に十五年ほど前の事だが）は思春期ゆえに色んなラブコメ漫画やギャルゲーにハマっていて、『夕暮れの屋上でキスとかいいよなぁ……』とか『清楚《せいそ》な彼女にお弁当作ってもらって、あーん♪してほしい……』とか妄想丸出しの事をたまに呟《つぶや》いていたような……。

「え、あんな簡単な事が新浜君にとって嬉しい事なんですか？」

「そうそう、兄貴にとっては泣きそうなくらいの憧《あこが》れなんだって！」

妹の戯言《ざれごと》に紫条院さんはめっちゃ反応した。

そしてそれを見た香奈子はニヤリと邪悪な笑みを浮かべる。

こ、こいつ……！　さっきの『あーん』のやりとりはこの伏線か！

自分がやりたかったのもあるだろうが、一度自分と紫条院さんでそれをする事で次なる『あーん』の抵抗を少なくし、話の流れを自然にする下準備……！

そして、そこにこの話はまずい。普通の女の子ならともかく紫条院さんにそんな事を聞かせてしまったら……！

「なるほど、女の私にはちょっとわかりませんけど、男の子にとってはそんなに感動するものなんですね！　なら、ちょうど食卓を囲んでいる事ですし、僭越《せんえつ》ながら私にその役を請け負わせてください！」

ほらこうなったあああああああ！

むっふーっ！　とやる気に満ちた紫条院さんを見て俺は焦りまくった。

紫条院さんは一学期に俺が行ったささやかな行為——テスト勉強の先生役をした事や、文化祭で紫条院さんのために企画を立てた事をとても感謝してくれている。

一度紫条院家に俺を招待してお礼のご馳走《ちそう》をしたにもかかわらず、彼女はまだ十分じゃないと考えていて、俺に恩を返せる機会を普段から窺《うかが》っている。

そんな義理堅い天然少女に今みたいな話をしようものなら、意気揚々とその役をやると言い出すのは予想がついていたのだ。

「あ、でも……つい勢いで言ってしまいましたけど、新浜君としては可愛《かわい》い子にやってもらいたいのでしょうし、私じゃ不満ですよね……」

「「は？」」

誰もが見惚《みと》れる美貌《びぼう》を持つ少女のその言いように、母さんと香奈子の口から『何言ってんのこの美少女』みたいな声が漏れる。

そして、俺としてもそんな自信なげな言葉にはつい過剰に反応してしまう。

「な、何言ってんだ!? 不満なんてある訳ないだろ！ 紫条院さんがやってくれるのなら涙を流して感謝するレベルだっての！」

「え……!? あ、あ、ありがとうございます……」

紫条院さんが顔を羞恥《しゅうち》に染め、断言した俺もまた自分の発言に顔が赤くなる。だが仕方ないだろう。紫条院さんが『自分には魅力がない』みたいな事を口にすれば俺の魂は全否定せざるを得ない。

ちなみにこの時点で香奈子は自分が画策した通りのものが始まる予感に「ふおおぉぉぉ……！」とテンションを爆上げしており、母さんはあんまりにもアレな話の行方に口を押さえてプルプル震えている。どうやら漏れそうな笑いを我慢しているらしい。

「そ、それでは失礼して……はい、あーん♪」

紫条院さんはその行為自体には恥じらいはないようで、箸で玉子焼きをつまむと左手をそっと添えて俺へと差し出した。

実を言えば、文化祭で紫条院さんがタコ焼きを試作した時に、味見役として『あーん』をされた事は一度だけある。

そして、紫条院さんはその時と同様にこれが恋愛的コミュニケーション行為だという認識がないようで、ただ無垢《むく》に俺が喜ぶ事を期待している様子で箸を近づける。

嬉《うれ》しいかと言われたら勿論《もちろん》嬉しいが、それにしても状況が特殊すぎだった。

(あの時もクラスの奴らの前で恥ずかしかったけど……今度は母親と妹の目の前でとかどういう罰ゲームだよぉぉぉ!?)

しかし、ここで拒否して紫条院さんを悲しませるのは論外だ。

俺は意を決して大きく口を開け、紫条院さんの箸に歯が触れないように注意しつつ玉子焼きを口に含む。

甘い。さっき台所で試食した時よりも、その玉子焼きはとても甘く感じた。

それと同時に——羞恥と嬉しさがミキサーされた熱が俺の奥底から湧き上がってきて、上手《うま》く感情の方向性が定まらないまま俺の胸へ溢《あふ》れた。

「あ、ありがとう……なんかもう気持ちがいっぱいだ……」

「それは良かったです！　こんな簡単な事で新浜君が喜んでくれるのなら、何回だってやりますからいつでも言ってくださいね！」

感情が上手く処理できずに真っ赤な顔をした俺をどう見たのか、紫条院さんはとても嬉しそうに言う。おそらく俺へ少しでも『お返し』ができた事が嬉しいのだろう。

「ぷ……くく……ぶふっ……！　よ、良かったわね心一郎……」

「ん〜〜！　いいもの見られた！　あ、兄貴はこの香奈子ちゃんのファインプレーに全力で感謝していいからね！」

満足気な紫条院さんと顔真っ赤で俯《うつむ》く俺のギャップが面白かったのか、母さんは笑いをかみ殺しており、香奈子はイイ仕事をしたとばかりにスッキリしていた。

そして——まあそんな感じで夕食の時間は過ぎていった。

その後も俺は紫条院さんと一緒の食卓にいる事で何度もドギマギしたが、母さんも香奈子も紫条院さんも全体的にテンションが高く、成り行き的な夕餉《ゆうげ》にしては相当に盛り上がったと言えるだろう。

そしてそんな時間もやがて終わりを迎え——雨音の中で寝静まる夜の時間は近づいてきていたのだ。

九章　真夜中のお茶会と朝チュン

今なお降り続けるこの異常な大雨について、俺は前世でも同じ事を体験したはずだが全然憶えていなかった。

そもそも前世における俺の高校二年生の夏休みとは、部屋に引き籠《こ》もってラノベやゲームに興じていただけの日々だった。そのため道路が冠水しそうなほどの大雨が降ろうとも外に出てその様子を見ていなかったため、記憶に残っていなかったのだ。

（けど今になってようやく思い出した……この大雨って俺の寝床がぐしょ濡《ぬ》れになったあの時のやつかよ……！）

あの『あーん♪』で俺が赤面しまくった夕食の後も色々あったが、夜もふけてきて新浜《にいはま》家はそろそろ就寝の時間となった。

そして、自分の部屋に戻った俺はとても無残な光景を目《ま》の当たりにした。

ぐっしょりと敷き布団ごと水浸しになった寝所に、その直上の天井からじわりと滲み出てはポタポタと垂れている透明な水滴。

誰がどう見ても完膚なきまでに雨漏りだった。

俺の寝床をピンポイントで狙撃したようなその有様に香奈子《かなこ》は大爆笑し、『あはははははは！　兄貴マジ運悪すぎぃ！　あ、春華《はるか》ちゃんは私の部屋で寝るけど、なんなら兄貴も来る？』とふざけた事を言い、紫条院《しじょういん》さんも『それはいいですね！　私は全然構いませんよ！』などと無邪気にもほどがある台詞《せりふ》で俺を大いに困らせた。

（まあ、流石《さすが》にそれは断ったけどな……）

いくら本人がいいと言っても、男女が一緒の部屋で寝るのは流石に問題がある。

という訳で、俺は居間のソファで横になっているのだが——

（全っ然寝れねえ……）

ライトスタンドに灯《とも》るぼんやりとしたオレンジ色の明かりの中で、俺はもう何時間も眠りに入れていない事に辟易《へきえき》していた。

その原因は言わずもがなだ。紫条院さんが一つ屋根の下で寝ている——ただそれだけで童貞の俺はドキドキが溢れて気が昂ぶりっぱなしなのである。

（それでなくても今日は紫条院さんと一日中一緒にいて色々ありすぎたからな……一緒に料理をしたり、家族の目の前で『あーん』してもらったり……あ、あと下着姿を見てしまったり……）

今日という濃密なイベントの渦中にいる間は余裕がなかったが、こうして一人の時間を得るとついあの洗面所での事を思い出してしまう。

透き通るような白い肌に、無駄な贅肉《ぜいにく》がなくすらりと美しい曲線を描くあまりにも魅惑的な肢体。清楚な下着に反してあまりにもたわわな二つの双丘。

そして、そんな眩《まぶ》しすぎる姿を露わにしつつ、俺のシャツを抱えて何故《なぜ》か気の毒なほどに慌てる天使の姿を。

(今更ながら顔立ちが綺麗すぎる上にプロポーションもパーフェクトなんだよなあ……それでいてあんなにも良い子で、母さんや香奈子も爆速で気に入ってたみたいだし)

夕食後も母さんが洗い物をやっていると、紫条院さんは『あ、お母様。お手伝いさせてください！』といつもの輝く笑顔で申し出た。母さんはそこまでしてもらうのは悪いからとやんわり断ろうとしたが、『お母様』という言葉の甘美さに勝てずに並んで食器を洗う事となり……なんだかんだで新しい娘を得たかのようにはしゃいでいた。

(……ダメだな。どうしても紫条院さんの事を考えてしまって悶々《もんもん》とする一方だ。こりゃもう寝るのは無理だし起きてよう)

眠る努力を放棄した俺は、ソファから身を起こして台所でお茶の準備を始める。

ヤカンだと音が響くので電気ケトルでお湯を沸かし、紅茶の茶葉を入れたティーポットに注いでいく。ふわりと薫るダージリンの香りがとても心地良い。

と、その時――

「あ……新浜君、起きてたんですか……?」

「え……紫条院さん⁉」

不意に聞こえた声に振り返ると、そこには香奈子の部屋で寝ているはずの紫条院さんがいた。ど、どうしてこんな深夜に起きているんだ?

「ええと、どうしたんだ? トイレなら廊下の突き当たりに……」

「あ、いえ、部屋で香奈子ちゃんとお喋《しゃべ》りした後でぐっすり寝ていたんですけど、一時間前くらいに目が覚めてから全然寝られなくて……多分最近夏休みで全然疲れていないからだと思います」

今日の紫条院さんは雨の中を走ったりしたはずだが、それでも一眠りしただけで回復しきってしまったらしい。大人になってどんどん疲れやすくなる身体《からだ》を経験している俺は、やっぱり十代の体力って凄《すご》いなと感心する。

「それでずっと目を閉じていたんですけど、台所から物音が聞こえてきたので何だろうと思って……その、新浜君こそどうして……?」

「ええと、実は俺も同じような感じなんだ。学校に行ってないから疲れてないし、おまけにいつもの布団じゃないからどうにも寝付けなくてさ」

まさか紫条院さんの事ばかり考えて気が昂ぶっているせいとは言えず、俺は適当な理由をつけて誤魔化す。

まあ、それはさておき——

「あー……そのさ、今ちょうど紅茶を淹《い》れてるとこなんだけど、眠れないんだったら飲んでくか？　安い茶葉で悪いけど」

その誘いは、半ば衝動的に俺の口から滑り出た。

他人の家で目が冴《さ》えてしまった紫条院さんへの気遣いももちろんあるが、それ以上に俺が紫条院さんを深夜のお茶に誘いたかったのだ。

今の俺は一日中紫条院さんと接したせいで紫条院さん熱がとても高まっており、強く彼女を求めている。もっと彼女と話したい、この雨音だけが響く夜に二人だけの時間を共有したい——そんな熱が俺に誘いの言葉を言わせた。

「え、いいんですか？　なら厚かましくご馳走になります！　正直全然寝られなくてどうしようかと思っていたので……」

眠れない同志を見つけたとばかりに紫条院さんが嬉しそうな笑みを浮かべる。

ただでさえ彼女への想いが高まっている俺は、そんな花咲くような可愛さに普段より強く反応してしまい、頰に火照《ほて》りを覚えた。

「よ、よしきた。それじゃ座って待っててくれ」

この薄闇で俺の真っ赤な顔が見えていませんようにと願いながら、俺は二人分のマグカップに紅茶を注いだ。元々眠れるまでゆっくり紅茶を飲んでいようと思っていたので、ちょっと多めに淹れていたのだ。

「ほい、お待たせ……⁉」

お盆に二つのマグカップを載せて居間に戻ると、俺は予想外の光景に戸惑った。

俺が『座って待っててくれ』と言ったのは夕食を食べたテーブルの椅子にという意味だったのだが……なんと紫条院さんは俺の寝床になっているソファにちょこんと座っていたのだ。

「わあ、ありがとうございます！　ふふ、なんだか夜中に飲む紅茶って大人な感じがして素敵ですね」

「あ、ああ……」

素直に喜びを露わにする紫条院さんを前にして俺が何かを言えるはずもなく、俺はソファの前にある丈が低いカフェテーブルに紅茶を置く。

そして、紫条院さんは「じゃあ、どうぞ新浜君も座ってください！」と自分のすぐ隣を手でポンポンと叩《たた》く。

俺は思わずゴクリと唾《つば》を飲み込んだ。

深夜のお茶をしようと言い出したのは俺だが、その距離はあまりにも近い。

紫条院さんの言葉だけじゃなくて、体温や匂いまで伝わってきてしまう。

（だ、大丈夫か俺？　こんなに紫条院さん熱で頭がやられている状態のまま肩が触れそうな距離で隣り合ったら脳みそがオーバーヒートしないか？）

だがこの流れで俺が取り得る行動なんてただ一つであり……俺は意を決して紫条院さんと同じソファに腰を落とした。

隣に座ると、さっきまで薄闇でぼやけていた紫条院さんの姿が鮮明に見える。

着ているパジャマは香奈子が選んだものであり、『やっぱり私やママのじゃサイズ的に春華ちゃんに着せるの苦しいから仕方ないよね！』と何故か嬉々《きき》とした顔で俺のタンスを漁《あさ》ったのだ。

まあそのチョイス自体は寝間着として至極真っ当だった。

無地の真っ白なTシャツと紺色のショートパンツというラフな格好だが、普段のスカート姿とはまた違うカジュアルな雰囲気が出ていてとても良い。

（けどやっぱりこの距離はなんかマズい気がする……エアコンは入れているのに熱で頭がクラクラしそうだ……）

紫条院さんからは女の子特有の甘くて良い匂いがダイレクトに薫ってくるし、一見色気のないショートパンツからすらりとした白くて長い足が惜しげもなく晒《さら》されており、靴下すら穿《は》いていない完全な生足が非常に目に毒だった。

「それじゃあ頂きますね」

そして当の紫条院さんはというと、俺の葛藤《かっとう》に気付いていない様子でマグカップを手に取り、ふーっ、ふーっと息を吹きかけて小さく紅茶を口に含んでいる。

「ふう……美味《おい》しいです。とっても気持ちが落ち着きます」

「そ、そっか。なら良かった」

若々しい高校生の肉体がもたらす思春期な煩悩を落ち着かせようと、俺も紅茶を啜《すす》る。

なんの変哲もないダージリンだが、この深夜に二人っきりというシチュエーションのせいか、普段より遥《はる》かに美味《うま》く心が休まる味がした。

「それにしても……今日は楽しかったです。新浜君のお母様はとても優しい方でしたし、香奈子ちゃんもとても可愛くて……」

「そう言ってもらえたらホッとするよ。特に香奈子とかめっちゃ懐いていたけど、馴《な》れ馴れしい妹でごめんな」

「とんでもないです！　あんなに愛らしい子が妹さんなんて、新浜君が羨《うらや》ましくなったくらいですよ！」

「そ、そうか？」

可愛いのはまあそのとおりかもしれないが、やたらと距離感が近い奴でもあるので紫条院さんの迷惑になっていないか心配だったんだが……。

「ええ、そうです！　それにお友達の家にお泊まりするなんて初めてなので本当に楽しくて……眠れないのは疲れが浅い事もあるんですけど、まだ気分が昂ぶっているのもあるんだと思います」

　そこで、紫条院さんは隣に座る俺へと顔を向けた。

　ほぼゼロに近い距離で俺と彼女の視線が触れ合い、心臓が高鳴る。

「だから、少し……名残惜しい気もしています。もう少しこの時間が続けばいいなって」

　温かい紅茶を飲んでほんの少しだけ頬に赤みがさした顔で、紫条院さんは笑みを浮かべた。俺がいるこの家での一日を惜しむほど楽しかったと——そう言ってくれているのだ。

「え……？」

「……実は俺もそうなんだ」

「紫条院さんと自分の家で一緒に過ごすなんて予想もしていなかったけど……一緒に料理して、たくさん喋って……ずっと心が躍りっぱなしの楽しい一日だった」

　深夜に紫条院さんがすぐ隣にいるという通常ありえない状況のためか、心の言葉がするすると照れもなく口から吐き出される。あるいは夏という季節が俺の口を軽くしているのかもしれない。

「だから……紫条院さんのお泊まりが終わるのがちょっと寂しい」

　俺がそう呟《つぶや》くと、紫条院さんは目を見開いた。

　そして、そこで俺も自分の言葉の意味に気付く。

　紫条院さんが言った『名残惜しい』は俺の家族を含めた新浜家全体に対しての言葉だが、

俺の『寂しい』は俺が紫条院さんともっと一緒にいたいという意味に他ならないのだ。

「え、えと、その……ありがとうございます……」

「あ、いや、うん……」

ちょっと頬の赤みが増した紫条院さんが声を乱してそう言い、俺も同じような状態で何の芸もない言葉を返す。

さっきとはまた別の事情で落ち着かなくなってきた心をなだめようと、俺はまだ熱い紅茶を大きく一口啜った。……砂糖は入れてないのに妙に甘い。

「……雨、まだ止《や》まないな」

「あ、はい。天気予報だと朝には止むらしいですけど……」

珍しい事に、俺たちの会話はそこで少しの間途切れた。

とても明るい紫条院さんと、彼女と一秒でも長く話していたい俺が揃《そろ》えば普段会話のネタが尽きるなんて事はないのだが、まるでお互いがこの空気を無言で堪能《たんのう》しているかのように小さな沈黙が訪れる。

（でも全然気まずくなったりしないな……出張やらで会社の上司や先輩と二人っきりになると場がもたなくて、何か喋らなきゃってあんなに焦ったのに……）

外では未だに雨が降り続けており、本来静寂であるはずの深夜に雨水がアスファルトの上で弾《はじ》ける音がずっと奏でられている。

それによってほんの少しだけ非日常となったこの部屋で、ただお互いが紅茶を啜る音だけが響く。

それからややあって——俺が『明日《あした》も紫条院さんにこの家にいてほしいな』などとぼんやり考えていると、そんな事は死んでも許さないであろう人物を思い出した。

「あー……ウチとしては名残惜しくてもやっぱり家には帰らなきゃダメだな。多分時宗《ときむね》さんが死ぬほど心配しているだろうし……」

「それは……ふふ、確かにそうですね。お父様は昔から私が一人でどこかに行く事を過剰なまでに心配する人なので、明日一番に電話をかけてきそうです」

なんなら社長自らが車で迎えに来て俺に『お前本当に不埒《ふらち》な真似はしてないだろうなオラアアアアん!?』くらいは言ってくるかもしれん。

うっかり下着姿の紫条院さんとニアミスした事や、『あーん』の事は口止めしておくべきだろうか？

「さっき紫条院さんはウチの家族を褒めてくれたけど、そっちの家の秋子《あきこ》さんも時宗さんも本当にいい親だよな……娘が大好きだっていうのは毎回凄く伝わってくるよ」

名家で大金持ちの一家とくればドラマや小説においてはあまり性格が良くないのがテンプレなのだが、あの二人は紫条院さんの両親だけあってとてもちゃんとした人達だった。

まあ、時宗さんについては親馬鹿をもう少々控えるべきだと思うが……。

「ふふ、そう言ってもらえたら嬉《うれ》しいです。私は両親を目標にしているみたいなところがありますから……」

「ん？　目標って？」

「ええ、小学校の時に書きませんでした？　『将来の夢』っていう作文」

「ああ、俺の学校でも書いたけど……」

幼い頃必ず書かされる自分の夢。理想の未来像。

スポーツ選手とか宇宙飛行士とか、子どもたちが思いのままに書き滑らせる最も無邪気でどこまでも純粋な未来への希望だ。

（俺は……一体なんて書いたんだっけか？）

あまりにも暗い現実を見続けたせいか、もうそれは霞《かすみ》がかかったかのように思い出せない。あの頃の俺は、一体自分の未来にどのような夢を見ていたのだろう？

「その、ありがちですけど……私の夢は『お母さん』でした。そして実を言えば……それは今も変わっていないんです」

それを語るのはやや恥ずかしいのか、照れた様子で紫条院さんが言う。

「私は昔から両親が大好きで、お父様とお母様は私に幸せのお手本を見せてくれました。だから仕事もしてみたいですけど……最終的にはただ幸福な家庭を築きたいんです」

「そう、なのか……？」

それは俺にとって少々驚きだった。

紫条院さんは誰も及ばない魅力を持っているのに、普段からあまり恋愛を意識している様子ではなかった。

けれど、もっと先の話である家庭を築くという事については、夢と定めるほどに思い入れがあるらしい。

「はい、たくさんの女の子がそう願うように、ただ普通にお嫁さんになって、子どもを産んで、その子や夫になった人にごはんを作ってあげたり……そういう幸せが欲しいんです」

家柄、財力、美貌《びぼう》の全てを持つ少女は、優しい笑顔でその平凡で優しい夢を語る。

特別な何かではなく、家族という繋《つな》がりが欲しい——それはありきたりかもしれないがとても美しい想いであり、何よりも純粋で尊かった。

「……っ」

だが——俺は知っている。

前世において、その夢が無残にうち破られた事を。

「え⁉ に、新浜君、どうして泣いて……⁉」

「あ、いや……ちょっと熱い紅茶を飲んだから……」

ともすれば零《こぼ》れそうになる涙を懸命に堪《こら》えて、何とか誤魔化す。

大人としての理性を総動員してもなお、俺の内で荒ぶる痛ましい感情は収まってくれなかった。

(そうだ……決して特別でも何でもない夢だ……紫条院さんの魅力と優しさなら絶対に幸せな家庭が作れただろうに……)

そんな女の子らしい平凡な夢を、紫条院さんは社会に潜むくだらない悪意によって壊された。ひどいイジメに遭い心を病んで自ら命を絶った時、秋子さんや時宗さんが一体どれほど嘆き悲しんだのか……想像するに余りある。

(なんでそうなるんだろうな……俺も紫条院さんも……)

俺達はただ真面目に働いていただけだ。

俺の場合は選択のマズさや状況を変えられない心の弱さという問題があったのは認めるが、それでも俺なりに必死に生きていたのだ。

なのに、俗悪な奴らに痛めつけられた末に俺達の人生は終了した。

叶《かな》うはずの夢も、夢想した未来も、何もかも潰《つい》えてしまったのだ。

(今世では絶対そうはさせない……俺が今ここにいるのは俺の人生を取り戻す事も目的だけど、何より紫条院さんを守るためだ！　誰でもない、俺がそう決めた……！)

「紫条院さんは……絶対いいお母さんになれるよ。俺が保証する」

「え……？」

「誰もが見惚《みと》れるほど可愛くて、太陽みたいに温かくて優しい。さらに料理の腕前はその辺の主婦が及びもつかないようなレベルで、人として大事なものを全部持ってる。これで幸せになれなければそんな世界の方が間違ってる……！」

「ふ、ふわぁ⁉　に、ににに、新浜君⁉」

想い人の顔を見ながら美点を列挙する俺に、紫条院さんは顔を赤らめて大いに慌てた。

後になって冷静に考えると、この時の俺は正気ではなかった。

死を選ぶ程に苦しんだ前世の紫条院さんを想って感極まっており、理不尽への怒りと運命への反骨心がない交ぜになって頭がバーストしていたのだ。

「だから安心してくれ。その夢も幸せも俺が守る。俺が絶対に紫条院さんを幸せにしてみせる……！」

「ひゃぁ……⁉」

きっぱりと言い切った俺の言葉に、紫条院さんは目を見開いて固まった。

そしてみるみる内にその頬を朱に染めていき、なんだかとても混乱している様子だった。

（――はっ⁉）

そしてそこで、俺はようやく自分の発言の重大さに気付く。

普段恋愛の事ばかり考えている俺だが、今言った台詞《せりふ》は紫条院さんを絶対に破滅から守ってみせるという純粋な使命感からのものだった。

だがそんな事がわかるのは俺一人だけで、言葉だけを抜き出せば君が欲しいという意味にしか聞こえないだろう。

「いや、その……！　とにかくその夢は絶対に叶うし、俺は全力で応援していると言いたかったんだ！」

「は、はい……そうですよね。なんだかドラマで聞いたような台詞だったのでちょっと驚いてしまいました……」

お互い赤くなった顔を冷ますように、すぐ隣に座る相手の顔を見ないようにして言う。

普段恋愛的な言葉への反応がすこぶる鈍い紫条院さんだが、これも夏の夜の魔力なのか普段より天然さが消えているような気がする。

「……でも……そんなふうに言ってもらえて嬉しかったです。本当に新浜君は、私なんかにいつも親身になってくれて……」

まだ頬に赤みを残した紫条院さんが、ぽつりと呟く。

とても穏やかで、静かな喜びがこもったような響きだった。

「ああ、やっぱり名残惜しいですね……こういう時間、私は好きです」

祭りの終わりを惜しむかのような言葉はとてもいじらしく、俺の胸に喜びが溢《あふ》れる。

そして、俺も同じように思っている事をわかりやすい形で伝えたかった。

「その……また、メールもするし電話もするよ。それに——」

それを口にするのは若干の勇気が要った。

けれど、ためらいはない。後で時宗さんがキレるかもしれないが、そんな事を怖れて恋愛はできないのだ。

「今回は香奈子がお世話になった流れでの突発的な事だったけど……今度は俺の方からちゃんと誘うよ」

「……！」

我が家への紫条院さんの訪問について、唯一残念だったのはこれが俺の意思でのお誘いではなかった事だ。

俺がすでに紫条院家に招待されているのだから、逆をしても何も問題なかっただろうに、童貞故に『家に呼ぶとしても交際にこぎつけた後』という考えに固定されていたのだ。

……まあ、流石《さすが》にお泊まりはこんな状況でもないとマズい事だし、普通の招待でも親馬鹿社長の許可を取るのが最大の難関だが。

「だから……この夏もまだまだよろしくな」

「――はいっ！」

俺の精一杯の言葉に、紫条院さんは想像以上に顔を輝かせた。

それこそが俺が守るべきもの。まるで夏の太陽の下で咲く向日葵《ひまわり》のように、どこまでも明るくて眩《まぶ》しいほどの笑顔だった。

＊

俺は深い安らぎの中で、ただまどろんでいた。

何かが俺のそばにあり、それはとても柔らかく心が落ち着く温もりがあった。

本能をとろかすような甘い匂いに包まれて、ただ幸せな安息だけがある。

――カシャカシャッ――

まるで母猫に寄り添って眠る子猫のように、最上の安眠をただ貪《むさぼ》る。全身が途方もない安堵《あんど》に包まれており、何もかもが満ち足りていた。

カシャカシャカシャッ！

……だというのに、なんだこのやかましい音は……。

「う……ん……？」

やたらと耳障りな音のせいで、俺は幸せな眠りから覚醒《かくせい》してしまう。

窓から差し込んだ朝日の眩しさを感じながら目を開けると、自分の部屋のものではない天井が視界に飛び込んできた。

（あれ……？　ああ、そうか……俺は居間のソファで寝てたのか……）

スズメがチュンチュンと鳴く声がとても心地良かったが、さっきから続いている機械音がそれを打ち消すような勢いでカシャカシャとうるさい。

（さっきから一体何の音だ……って香奈子……？）

音のしている方向に寝ぼけ眼を向けると、Tシャツとデニムパンツ姿の妹がいた。だが何だか様子がおかしい。

ほんのり頬を染めながら口の端を上げて興奮気味に「うひょおおお……！」などと奇声を発しており、こちらにガラケーを向けて猛烈な勢いで写真を撮っているのだ。どうやらあのカシャカシャはシャッター音だったらしい。

「う……ん……なにしてんだおまえ……？」

「あ、流石に起きちゃったか。おっはよー兄貴！」

まだ眠気で頭が働いていない状態の俺が呼びかけると、妹は妙に潑剌《はつらつ》とした返事をしてきた。お前……なんで朝からそんなハイテンションなんだ？

「ふふふふ、何をしてるかって、勿論《もちろん》写真を撮ってるに決まってるじゃん！　こんな興奮するレアな光景見逃す訳ないっしょ！」

「は……？　何だレアな光景って……ん……？」

寝ぼけた頭が次第に明瞭《めいりよう》になってきて、ふと自分の胸にずっと人肌の温もりが触れている事に気付く。それは温かいだけじゃなくて、ふるふると柔らかく絹のようにすべすべしており、とても甘い匂いがした。

そうして俺はようやくその状態を認識する。

紫条院さんが俺に寄りかかるようにしてすぅすぅと寝息を立てており、俺たちは一枚のタオルケットを共有してずっと寄り添って眠っていたのだと。

「な、なああああああああああああああああ!?」

寝ぼけた頭が一瞬で沸騰して俺は顔を真っ赤に染めた。

ど、どういう事だ!?　なんで紫条院さんが俺と一緒に寝てる!?

ま、まさか俺たちって一晩中この状態だったのか!?

激しく狼狽《ろうばい》しつつとにかく寝ている紫条院さんから離れようとするが、眠り姫は俺の胸の上に頭を乗せるようにして寝息を立てているため、なんとも身動きが取れない。

この上なく密着している女の子の生々しい熱と重みに、俺の心臓は朝からフルスロットルで早鐘を打ち始める。

（そ、それにしても……うわぁぁ……紫条院さんの寝顔超絶可愛《かわい》い……）

どれだけ動揺していても、俺の恋愛脳はどうしても彼女に見惚れてしまう。

大和撫子《なでしこ》な美人が無防備にすやすやと眠る姿に、どうしようもなく目が奪われる。

「ふふふ……ゆうべはおたのしみでしたね！」

「んな訳あるかあああああ！」

某国民的ＲＰＧゲームで主人公と姫が一緒の宿屋に泊まると出てくる台詞をかましてくる妹に俺はキレ散らかした。当然ながらお楽しみなんてしていない。

「いやー、起きたら春華ちゃんがいなくてびっくりしたけど、まさか同衾《どうきん》してたなんてもう朝から大興奮だよ……！　こりゃもう携帯の待ち受けにしないとね！」

「中学生が同衾なんて言葉覚えるなぁ！　あと待ち受けもマジでやめろおおお！」

「ん……んん……」

俺たち兄妹《きょうだい》がうるさくしたためか、俺の胸の上で紫条院さんがうっすらと目を開く。そしてそんな彼女の瞳《ひとみ》に最初に映るのは、密着状態にある俺の顔だ。

「そ、その、紫条院さん！　この状態は決して俺にやましい意図があってこうなった訳じゃ……！」

「……にいはまくんがわたしのへやに……？　ああ、そうか、まだゆめなんですね……」

「は？」

あの……紫条院さん？　もしかしてまだ半分寝ちゃってますか？

「あれ？　春華ちゃん起きたの？」

「ああ、そうふぁんだふぁ……っ⁉」

「うふふー、にいはまくんのかお、もちもちです……びよーん……」

紫条院さんが無造作に伸ばした両手に左右の頰をつままれて、俺のほっぺたはぐにぐにと伸び縮みするオモチャにされてしまう。そして当の紫条院さんはそんな俺を見てにまーっとだらしなく笑っている。

（こ、これは……もしかして寝ぼけてめっちゃ幼児化するタイプか⁉　行動原理が三歳くらいになってるぅぅぅ⁉）

すぐそばにいる香奈子に助けを求めようと視線を向けるが、この惨状を見た我が妹はいつかと同様に笑い袋になっており、使い物になる状態ではなかった。

「あはははははは！　は、春華ちゃんが寝ぼけて幼稚園児みたいになってるぅ……！　ちょ、もう、二人して私を笑わせすぎぃ……！　くく、ぷふ、あはははははは！　げほっ、ぶふ、ちょ、もうムリぃ……！」

そんなに俺の惨状が可笑《おか》しいのか、笑いのあまり立っていられなくなった香奈子は、そのまま腹を抱えて床にくずおれた。

ええい、この笑い上戸中学生め！

出歯亀はするくせに肝心な時に全然役に立たねえ……！

「お、おひてふれ（起きてくれ）、ふぃひょういんふぁん（紫条院さん）……！」

「ふふふ……おとこのこだけど、あんまりごつごつしてないです……なめらかでむにむにー……」

滑らかなのは紫条院さんの指の方だと、俺は全力で叫びたかった。絹でできてるのかってくらいにツルツルスベスベで、気持ち良すぎて変な気分になる……！

「……あれ……？　でも……ゆめなのに……わたしがしらないへ……や……？」

ふと周囲の光景を認識したらしき紫条院さんの動きがピタリと止まる。

ぼんやりしていた瞳がクリアになっていき、俺の頬をぐにぐにしている自分の手を数秒見つめ——その綺麗《きれい》な顔が一瞬で真っ赤に染まった。

「あ、ああああああ……!? ご、ごごご、ごめんなさい……！ わ、私ったらなんて事を……！ 完全に寝ぼけていました！」

「あ、ああ、いや、目が覚めたのならそれでいいよ……」

赤面した紫条院さんがガバッと離れた事で、俺はようやく身の自由を得た。

俺も表向きは大人の理性で冷静に応えているが、内心は紫条院さんとの同衾と起き抜けのほっぺたぐにぐにで未だに乱れまくりである。

「というか……どうして俺たち二人してソファで寝てるんだっけ……？ 昨日一緒に話をしながら紅茶を飲んでいた事は思い出せるんだけど……」

俺が寝落ちしてしまったのだとしても、どうして紫条院さんは香奈子の部屋に戻って寝ていないんだ？

「あ、それは……しばらくお喋《しゃべ》りした後で私も新浜君も同時にウトウトし始めて……私が眠気のあまり『すみません……ねむすぎてもうだめです……』って言ったら新浜君が『そっか……じゃあもうここでねればいい……』って半分寝ながら言ってくれたので、そのま……」

眠気のせいとは言え、そんな事を言ったのか俺⁉

台詞《せりふ》だけ聞いたら完全にベッドインのお誘いじゃねえか！

「その、私ったら一晩中新浜君に寄りかかっていたみたいなんですけど……重くなかったですか？　それにエアコンが効いてはいましたけど、密着していて暑苦しかったりしませんでした……？」

本来なら目覚めたら俺が一緒に寝ているなんて悲鳴を上げてもいい状況だろうに、紫条院さんはおずおずと自分が迷惑じゃなかったかと尋ねてくる。

そしてもちろん、天使との同衾は俺にとって迷惑どころか天国でしかなかった。

「いや全然そんな事はないけど……こっちこそごめんな。その……お互い眠気が限界だったとはいえ、男の俺が一緒に寝ちゃって……」

紫条院さんとはかなり親しくなれた自信はあるが、流石《さすが》にこれは別問題だ。

紳士的な観点から言えば、俺は眠気に屈する事なく紫条院さんを香奈子の部屋に戻してから寝るべきだったのだ。

「え？　あ、いえ、それは平気です。全然不快だなんて思っていませんから」

「そ、そうなのか？」

俺の隣に腰掛けている紫条院さんは、嫌な事なんて何一つないとばかりにあっけらかんと言う。

「はい、もちろんちょっとはしたなかったとは思いますし、こうしてお互いに起き抜けの顔を見ると少し恥ずかしいですけど……」

頬をほんのりと桜色に染めて、紫条院さんは恥じらいを含んだ声で言う。

続く言葉を紡ぐのは、普段ほわほわしている彼女でも気恥ずかしさを我慢する必要があるようだった。

「でも、新浜君ですから」

「え……？」

「私の一番親しい友達で、とっても頼りになる男の子だって知ってます。だから、何も嫌な事なんてありません。むしろ凄《すご》く安心できて、とても良い心地で眠れましたから！」

天使そのものの笑顔でそう語る紫条院さんに、俺は言葉を失ってしまった。

その一連の言葉は、ただ友達だから平気だという意味に留《とど》まらないからだ。

俺と一緒に寝落ちした事を『ちょっとはしたない』と認識しつつも、『凄く安心できて、とても良い心地で眠れた』と彼女は心から言う。

それは……俺の男子という属性を意識しつつも、それも含めて近しい間柄なのだと――そう言ってくれているように聞こえてしまう。

「あ、すみません。そういえばせっかく一緒の朝なのに一番大事な事を言っていませんでした！」

ぽーっとしている俺の内心を知ってか知らずか、紫条院さんは同じソファに座るこちらへ向き直る。

「おはようございます、新浜君！」

紫条院さんの笑顔は夏の朝日にも負けない眩《まばゆ》さで、俺はこれまでの人生で最高の『おはよう』を聞いた。

「ああ……おはよう紫条院さん」

大好きな子と迎えた朝を言祝《ことほ》ぐように、俺も精一杯の笑顔で挨拶《あいさつ》を返す。昨晩の豪雨が嘘のような晴天が爽《さわ》やかな空気を作る中、俺たちはとても和やかで清澄な空気を共有して笑い合った。

なお——この時香奈子が撮った写真について、後に『朝チュンの二人♪』などとストレートすぎるタイトルの写メを送りつけてきたので、「お前これ絶対に他の奴に流出させんなよ!?」と念を押しつつ、紫条院さんの寝顔が写ったそれをちゃっかり保存した事は内緒である。

▶エピローグ1◀　夏の朝にしばしの別れを

昨夜の豪雨とは打って変わって晴れ渡った空の下で、アスファルトのあちこちにできた水たまりが太陽の光を反射してキラキラと輝いていた。

とても夏らしくて清々しい光景なのだが——俺は今、そんな風流な気分でいられる状況でもなかった。

「おはよう新浜《にいはま》君。先日ぶりだが、元気そうで何よりだ」

「……おはようございます時宗《ときむね》さん。そちらもお元気そうで……」

新浜家前の路上で、俺は久しぶりに紫条院《しじょういん》時宗社長と相対していた。

紫条院さんと一緒の朝を迎えて幸せな気分を味わった後——俺と紫条院さんと香奈子《かなこ》とで簡単な朝食を食べた。ちなみに母さんは朝から仕事なので俺が目覚める前から出勤済みである。

そして、紫条院さんの携帯に母親の秋子《あきこ》さんから『今から迎えの車がそっちにいくわ～』と連絡があり、ほどなくして家の前に高級車が停まったので紫条院さんと見送りの香奈子を伴って家の外に出てみれば――そこには時宗さんが堂々と仁王立ちしていたのだ。

「親御さんはすでに出勤されているようで残念だが……まずは酷《ひど》い雨の中で娘を一晩泊めてもらって深く感謝する。あまりに危険な天候だったからな」

「い、いえそんな……人として当たり前の事です」

深々と頭を下げる社長に、俺はやや困り顔で応じる。この感謝は偽りなく本気だろうが、その含みのある表情から俺に言いたい事があるのは明白だったからだ。

「まあ、それはそれとして……念のために聞いておくが、お前本当に春華《はるか》に不埒《ふらち》な真似はしてないだろうなオラアアアアアん!?」

「ノリの切り替えが激烈すぎませんか!?」

礼を述べた後、もはや我慢できないという様子で詰問を始めた時宗さんに、俺は盛大にツッコんだ。

「お、お父様……迎えの車に乗ってきたんですか？」

「おお、春華ぁ……！　迎えが遅くなってすまん！　さぞ大変だっただろう！」

「いえ、全然大変じゃなかったですけど……会社に行かなくて大丈夫なんですか？」

まるで数ヶ月ぶりに会うような様子の時宗さんに対し、紫条院さんは目を丸くしていた。

どうやら時宗さんが直々に迎えに来るとは聞いていなかったらしい。

「ははは、そんな事を気にする必要はないぞ春華。お前の入学式や授業参観なんかの外せないイベントのために、会社は私がいなくても困らない仕組みをとっくの昔に構築済みだ。そもそも社長がちょっと抜けた程度で回らなくなる会社なんて不健全だしな」

今までも特に隠していなかったが、やはり時宗さんの中では会社より娘が優先らしい。とはいえ、そのせいで仕事に支障をきたさないようにしているのは流石《さすが》と言うべきか。

「どうも新浜様。お久しぶりです」

ふと声が聞こえた方へ目を向けると、車の運転席に座っている四十代ほどのスーツ姿の男性がぺこりと頭を下げてくる。

あの人は……確か紫条院さんの家に招かれた時も運転手をしていた……。

「どうも、お久しぶりです夏季崎《かきざき》さん」

「おお、私の名前を覚えてくれていたのですね」

まあ、名前と顔の記憶は社会人の初歩にして最重要事項ですからね。キレやすい人とか、名前を一回呼び間違えただけで一生へそ曲げるし。

「あの時はお世話になりましたしね。それと……俺に『様』なんて要らないですよ。紫条院さんの友達ってだけなんですから」

「いえいえ、春華お嬢様の友達というだけで私にとっては礼儀を尽くすべき方ですよ。それに……とても親密な間柄ならなおの事です」

「親密じゃなあああああああああい！」

ニヤリと口の端を上げて言う夏季崎さんに、時宗さんが声を大にして叫ぶ。

「彼と春華はあくまでギリギリ友達ってくらいの関係だ！　妙な事を言うんじゃない！」

「え？　いいえ、違いますよお父様」

「な、何……？」

「夏季崎さんの言うとおり、新浜君はとっても親しい友達です。今まで生きてきた中で最高に仲が良い間柄なんです！」

「ごはぁっ……！」

にぱーっとした天使全開の笑顔で言ってのける紫条院さんに俺は顔を赤らめ、時宗さんは臓腑《ぞうふ》を抉《えぐ》られたような苦悶《くもん》の声を上げた。

……色んな意味で天然って強い……。

「ぐぅ……おい、小僧……なんだか春華がいつにも増してテンションが高いが……本当に何かあった訳じゃないだろうな……？」

ダメージを引きずりつつ俺に接近した時宗さんが、小声でボソボソと聞いてくる。

声音は一見静かだがドスが利いており、有無を言わせぬ迫力で俺の胃をキリキリと圧迫してくる。

「娘が世話になった事は本当に感謝しているし、後で君の親御さんがいる時に正式にお礼に来るつもりだが……これだけは聞いておかねばなぁ？」

「それは……その……」

ほわんほわんと思い出すのは、紫条院さんと過ごした一日だった。

仮にその内容を正直に言うのであれば――こんなふうになる。

『いやー、実は風呂上《ふろあ》がりの春華さんに遭遇してしまって、下着姿をバッチリ見ちゃって実に眼福でした！　それと夕飯の時は娘さんに〝あーん〟してもらって……気恥ずかしかったですけど空気がめっちゃ甘かったです！　あ、あと、昨晩は同じソファで同衾《どうきん》して、お互い抱き枕みたいに寄り添って寝てさっき朝チュンしたんですよ！　ホントもう最高でした♪』

（こ、殺される……！）

俺に不埒な思惑なんてなかったが、結果だけ見れば死刑と言われても仕方のない事実が並んでいる。ええい、ここはひとまず――

「いえ、そう言われても本当に何もないですよ。まあ強いて言えば夕食を作るのを手伝ってもらったりしましたけど」

胸中の動揺を出さずに、真実を交えた嘘をサラリと言う。

嘘がバレるのは声や表情にボロが出た時だが、俺は社畜時代にすぐキレる上司の機嫌を取ったり、クライアントの無茶振りを回避したりするためにその辺はごく自然に振る舞えるように鍛えられている。そうおいそれとは見抜けまい……！

「……嘘だな」

「え……っ⁉」

「声から上手《うま》く動揺や緊張を消しているが……僅《わず》かに堅さが出ているぞ。海千山千の相手と商談をしてきた私の目は誤魔化せん……！」

くそっ、これだから腹の探り合いに長《た》けた有能経営者は！　前世で相手にしていたウチの会社のバカ上司やアホ社長なら絶対騙《だま》せたのに！

「さあ吐け！　何があった⁉」

「いや、その……」

困った……いや、どれもこれも俺の意図した事じゃないのだが、とても親馬鹿な父親に聞かせられる内容じゃない……。

と、俺が冷や汗をかいていると――

「あのー、春華ちゃんのお父さんですか？」

横から聞き慣れた声が響く。

見れば、妹の香奈子がいつの間にか俺と時宗さんのすぐそばに立っており、にっこりと微笑《ほほえ》んでいた。

「うん？　そうだが君は……？」

「あ、どうも初めまして！　お兄ちゃんの妹の新浜香奈子です！」

中学生らしからぬ小悪魔でしたたかな普段の顔を隠し、完全に外行きモードの香奈子が礼儀正しく頭を下げて挨拶する。

（しかし『お兄ちゃん』って……こいつ完全に猫被ってるな……）

「その、春華ちゃんのお父さんに謝っておきたくて……昨日春華ちゃんがお家《うち》に帰れなかったのは私のせいなんです……」

「ふむ……？」

清純少女を装った香奈子は、昨日あった事をかいつまんで時宗さんに説明する。雨の中で財布を届けてもらった事、ズブ濡《ぬ》れの紫条院さんを見かねて家に連れて行った事など、諸々の事情を。

「そういう訳で、春華ちゃんの家族に心配させてしまった事をとても申し訳なく思っていたんです……本当にごめんなさい」

「ああ、いや、そんな事は気にしなくていい。君は純粋に雨に濡れた春華を心配して家に上げてくれたのだろう。その後の大雨による交通の麻痺《まひ》は天気予報でも予想できていなかった事で、単に運が悪かっただけだ」

時宗さんはやはり俺以外（というか娘に近づく男以外）には非常に温厚なようで、香奈子にも気さくに対応していた。

「ああ、そう言ってもらえて少し気が楽になります！　私は一晩で春華ちゃんと凄《すご》く仲良くなれてとても楽しかったんですけど……春華ちゃんのお母さんやお父さんはとてもハラハラしただろうなって反省してたんです……」

「ははは、大丈夫だよ。私も妻も大人だからね。連絡は取れていたしそんなに取り乱したりしないさ」

いや、時宗さんあんた……紫条院さんのお泊まりが決まった時、電話の向こうで平静さの欠片もない感じで絶叫してなかったか……？

「それにしても……ウチの娘と一晩でそんなに仲良くなったのかね？」

「はい！　とにかく綺麗《きれい》で可愛《かわい》くて、優しくて、温かくて……言葉が足りない程に素敵です！　こんなお姉ちゃんがいたらいいなって何度も思っちゃいました！」

「うんうん、そうだろうそうだろう！　私の自慢の娘なんだよ！」

全力でべた褒め（おそらく全部本音だとは思うが）する香奈子に時宗さんは実に嬉《うれ》しそうに頷《うなず》く。なんかもう俺の事を忘れて凄く上機嫌になってるな……。

「も、もう香奈子ちゃん……私なんかを過剰に褒め過ぎです。お父様も恥ずかしいからやめてください……」

年下の友達と父親から褒め殺しを食らった紫条院さんが、顔を赤らめて物申す。

うん、これは俺でも恥ずかしいわ……。

「えー、だって本当の事じゃん！　昨日は春華ちゃんとずーっと一緒にいてあれこれしてたけど本当に楽しかったんだもん！」

「む……君と春華は昨日ずっと一緒にいたのかね？」

「はい、そうです！　お兄ちゃんをハブって女の子二人でお風呂《ふろ》に入ったり、お布団の上でお喋《しゃべ》りしたりしました！　もう楽しくて四六時中一緒でしたよ！」

え……？　香奈子お前……なんで時宗さんに話しかけているんだと思ったが……これってまさか、俺への助け船……？

「ふむ、そうか……ううむ、そこまで一緒だったのなら確かに新浜少年との接触の機会はないな。流石に神経過敏すぎたか……？」

お、おお……!?　俺の不埒な行為疑惑が晴れた……!?

ピュアで礼儀正しい（よそ行きの猫被りだが）女子中学生の証言だと、流石の時宗さんも疑いなく全面的に信じたか！　女の演技力って怖えな！

ふと香奈子がチラッと俺に視線を向け、『貸し一どころか貸し百ね♪』とでも言いたげにニヤリと笑った。いや、確かにマジで助かった……！

「納得してもらえましたか時宗さん？　そもそも俺は災害みたいな雨にかこつけて色々やる程ゲスじゃないですよ」

「む……私としては君が能動的に何かしなくても、結果的に何か不埒な状況が発生していないかを聞いたつもりだったが……まあ今回は信じよう。私も君の妹さんの前で少々大人げなかったよ」

相変わらず鋭いところを突いてきて冷や汗が出たが……なんとか乗り切ったようだ。

でも大人げなさは全然少々じゃなかったっスよ社長。

「もう、お父様！　さっきから何をボソボソと新浜君に絡んでいるんですか！　凄くお世話になったのに、まさかまた失礼な事を言っているんじゃないでしょうね！」

「い、いや、その、お前が人様の家に泊まっていた時の様子を聞いただけで……よ、よし、じゃあそろそろお暇《いとま》するか！」

強気でたしなめてくる娘から逃れるように、時宗さんはそそくさと車に乗り込む。本当に奥さんや娘には抵抗力がないなこの人……。

「ふう、すみません父がまた……でも確かにそろそろ行ったほうがいいですね」

「ああ、名残惜しいけど……それじゃまたな」

「春華ちゃんまた来てねー！」

「ええ、二人とも本当にお世話になりました。美佳《みか》さんにもお礼を言っておいてください」

ぺこりと頭を下げて、紫条院さんは車の後部座席に乗り込む。

いよいよこのお泊まりも完全に終わるのかと思うと、やはりもの寂しい。

とはいえ、紫条院さんと色々思い出を作れた上に時宗さんの親馬鹿火山大噴火も回避できたし、これがゲームのイベントなら完全勝利できたと言えるだろう。

「新浜君！」

ふと見れば、紫条院さんが後部座席の窓ガラスから顔を出していた。

「今回はどこからお礼を言ったらいいかわからないくらいに色々ありがとうございました！　でも、本当に良い時間を過ごせました！」

夏の日差しの下で、少女は満面の笑みを俺と香奈子へ向ける。

「その、それと……」

そこで、紫条院さんは少しだけ言《い》い淀《よど》んだ。つい一秒前まで童女の無邪気さを見せていた少女は、急に歳相応の恥じらいを見せつつも……心の内を言葉に乗せる。

「約束した通り、新浜君からの遊びのお誘い待ってます！　いつでも予定は空いてますし、楽しみにしていますねっ！」

（えっ……!?　あ……っ！）

その言葉に、俺は紫条院さんが昨晩の事をどう認識していたかを悟った。

あの真夜中に、今度は俺の意志で自宅に招きたいという意味で『今度は俺の方からちゃんと誘うよ』と言った。

だが、よくよく考えればあの言葉は、その後に『だから……この夏もまだまだよろしくな』と続いた事も相まって〝夏休みの間に俺から遊びに誘いたい〟という意味に捉《とら》えられても何ら不思議ではない。

状況を理解して俺の顔が熱くなってしまうが、それを訂正しても俺の恋愛事情は後退するばかりで何らメリットはない。

だから、俺は気恥ずかしさを振り切ってはっきりと答えを口にする。

「……ああ、わかってる！　ちゃんと改めて誘うから期待しててくれ！」

俺の隣にいた香奈子が力強い言葉に驚いた顔になり、さらに――

「ふ、ふふふ……おい、新浜君？　何だか父親の前で娘を遊びに連れ出そうとする不埒《ふらち》な声が聞こえたんだがぁ……？」

助手席の窓がスーッと開き、そこからこめかみがピクピクした時宗さんが顔を出す。

まあ、予想内の反応だが……言ってしまったものは仕方ないな！

「いーじゃないですかそれくらい！　大学生が怪しい飲み会に誘っている訳じゃないんですし、ちょっとは寛大になってください！」

「開き直りおったな貴様!?　ええい、どうやらまだ話をせねばならん事が……!?　お、おい夏季崎!?　車を出すな！」

「はは、あんまり若者の邪魔をしてはいけませんよ旦那《だんな》様。それより今はお嬢様の元気な顔を早く奥様に見せねばなりませんな」

お、おお……!?　夏季崎さん……！

「ちょ、お前もか!?　家の中の人間全員が秋子や小僧の味方ってズルいだろ!?　この男親の慟哭《どうこく》をわかってくれる奴が皆無すぎるぅぅぅ！」

　なおも騒がしい時宗さんを乗せて車が発進し、夏季崎さんが運転席からサムズアップした指を突き出しているのが見えた。

　あ、ありがとう夏季崎さん……！

　なんか秋子さんの意向を受けている感もあるが、とにかく助かった！

「あ、兄貴見て見て。春華ちゃん手を振ってるよ」

　妹の声に反応して視線を向けると、紫条院さんが荒ぶった父親を不思議そうに一瞥《いちべつ》しながらも、後部座席のリアガラス越しに俺達へブンブンと力いっぱい手を振っているのが見えた。

　そうして、俺たちも手を振ってそれに応える。

　まるでとても仲が良い親戚《しんせき》か久しぶりに会った親友にそうするように、別れが惜しいのだという気持ちが通じ合う。

　前世では想像だにしなかった夢のようなお泊まり会は——こうして終わりを迎えたのだった。

▶エピローグ２◀　同じ刻に、過ぎ去りし一夜を想う

紫条院《しじょういん》さんが帰った日の夜、俺は風呂上《ふろあ》がりで濡れた髪をタオルで拭《ぬぐ》っていた。

すでに夕食も済んで寝るだけの時間であり、母さんも香奈子《かなこ》も自室に引き上げている。

俺以外に誰もいない居間は非常に静かであり、ふと香奈子と不仲だった前世を思い出す。

あの頃は兄妹《きょうだい》で食卓を囲む事がほとんどなく、ボッチ飯が多かったからな。

「はは、昨日は楽しかったな……」

昨日はここで紫条院さんも交えて四人で食事した事を思い出し、記憶に新しい賑《にぎ》やかさに思わず頬が緩んでしまった。

香奈子も母さんもやたらとはしゃいでいたし、俺の大切な人達が集う夕餉《ゆうげ》はあまりにも眩《まぶ》しくて心が躍る時間だった。

そう、それはいいのだが――

「……今日もあそこで寝るんだよな俺」

使用済みのタオルを洗濯カゴに放り、居間のテレビ前に置いてあるソファへ視線を送る。

自室の雨漏りはひとまず収まったものの、俺用の敷き布団はまだ湿っていて使用不能である。なので、今夜も昨晩同様に居間のソファで眠る必要があるのだが――

（いかん……昨日はここで紫条院さんと一緒に寝ていたかと思うと、見慣れた家具のはずなのにやたらとドキドキする……）

男子高校生となっている今の俺は、ただでさえそういう刺激に敏感だ。

つい今朝の事を――朝起きたらこの世で一番好きな女の子が俺の上に被さるようにして寝ていた時の衝撃を思い出してしまう。

（まったく、肉体年齢が若いのはいいけど、我ながら思春期すぎだろ……）

持て余す若さにため息を吐《つ》き、俺はソファに腰を下ろす。

前世の死因から、俺は就寝時間は一定に保つように気を付けている。

いくら休み中とはいえ、あまり夜更かしをしないようにさっさと寝床に入ろうとするが

――そこで俺は不意打ちを食らってしまった。

（う、うわぁ!?　紫条院さんの甘い匂いがまだ残ってる!?）

昨晩はエアコンをつけていたとはいえ、狭いソファに二人で寝ていて寝汗をかいたのか、想像よりも色濃く紫条院さんの存在が鼻孔で感じられた。

それは人間の残り香とは思えない程に、脳を蕩《とろ》かすような甘さがあった。

まるで瑞々《みずみず》しい桃か苺《いちご》のようでもあり、ソファに座っているだけで桃源郷に迷い込んだ

のかと錯覚する。

そして、甘い香りが呼び水となって、同時に解像度の高いフラッシュバックが起きる。

少女の香りだけでなく、俺に身体《からだ》を預ける紫条院さんの体温、絹糸かと思える髪の手触り、ふにふにと柔らかい玉の肌、あまりにも可愛い寝息――その全てが。

（～～～～っ！　こ、こうして落ち着いて思い出すと刺激が強すぎる！　どうあがいても煩悩まみれになっちまう！）

少女の香りによってあっさりと馬鹿になった自分に呆《あき》れ、俺は頭を抱えた。

あんな世界有数クラスの美少女と同衾《どうきん》してしまったんだから仕方ないじゃないかと、誰かから責められている訳でもないのについ心の中で言い訳を述べてしまう。

そんな俺の心中を無視するように、一度始まってしまった記憶の再生は止まらない。

紫条院さんが寝ぼけて俺の顔をグニグニし始めた事、寝ぼけて普段よりさらにフワフワした表情がとても可愛らしかった事。それと――

「あ……」

脳裏に蘇《よみがえ》ったのは、寝起きの少女の夜明けそのものの笑顔。男子高校生特効の身体的接触もさる事ながら、それ以上に俺の心に深く刻みこまれている一幕があった。

「おはようって……言ってくれたな」

同衾によるドキドキも凄《すさ》まじかったが、あの後に笑顔で告げてくれたあの朝の挨拶《あいさつ》こそが俺にとってそれ以上の鮮烈さを持っていた。

社会人が口にする義務的な挨拶とはまるで違う、親愛に溢《あふ》れた『おはよう』。

柔らかい笑顔でそれを告げてくれた紫条院さんの姿はとても眩しく、彼女の心が夏の蒼《そう》穹《きゅう》よりも清澄だと何よりも雄弁に語っていた。

そして、俺は隙あらば紫条院さんの事ばかり考えている自分に気付く。

昨晩は料理と食事を共にして、夜はお茶を飲みながら語り合い、お別れしたのはつい今朝の事だ。それ以前にメールや電話もかなりしている。

それなのに、俺の胸にはすでに色濃い寂しさがあった。

もっともっと一緒の時間が欲しい。もっと紫条院さんの顔を見ていたい。

これも高校生の身体となって恋愛感情が若々しくなっているせいなのか、俺はとてつもなく貪欲《どんよく》になっていた。

俺の心がどうしようもなく、彼女を求めているのを痛感してしまう。

「……会いたいな……」

恋い焦がれる少女を想い、俺は夜の静けさの中で呟《つぶや》いた。

＊

私──紫条院春華《はるか》は自室のベッドに腰を下ろしてため息を吐いた。

もうすっかり夜の帳《とばり》は下りており、お風呂上がりの私はネグリジェを着て後は寝るだけの状態だ。

「ふう、なんだか昨日の事を話しているだけで一日が終わってしまいました」

今朝、新浜《にいはま》君の家から帰ってきてからの事を思い出す。

お母様と冬泉《ふゆいずみ》さんは私が昨日連絡するまでとても心配してくれていたようで、顔を合わせるなり二人からギュッと抱き締められた。

そして私は心配をかけた事を謝りつつ、楽しかった新浜君の家での事を話したのだけど……お母様は話が進む程に興奮していって、最後の方は『添い寝イベント来たわああああああっ！』と叫んでガッツポーズまでとっていた。

逆に冬泉さんは少し頭を抱えた様子で『お嬢様……その事は旦那様には絶対に秘密にしてください。あと、その……あまり男の子の脳が沸騰してしまいそうな行為は控えた方が……』とたしなめるように言われてしまった。

そしてお父様は昼から仕事に行ったようだけど、夕方に帰ってきてからずっと『その、春華。本当に何もなかったんだよな……？』と何度もよくわからない事を確認してきたので、『変な事って……具体的にどういう事でしょう？』と聞き返したら急にしどろもどろになってそれ以上は何も言わなくなってしまった。

なお、その様を見たお母様はクスクス笑いながら『ほらほら、黙ってないで娘の疑問に答えてあげたら〜？』と言って、お父様を涙目にさせていたけれど……。

（ふふっ、変な事どころか楽しい事ばかりでした）

香奈子ちゃんとの出会いから始まって、新浜君と一緒に料理して食卓を囲んで、新浜君のお母様である美佳さんともたくさん話せた。

そして、夜は新浜君と一緒に紅茶を飲みながらお喋《しゃべ》りして——

（あ、でも……変な事はなかったですけど、恥ずかしい事ならありましたね……）

脳裏に蘇るのは、お風呂場《ふろば》で新浜君に素肌を見られてしまった事だった。

男の人に肌を見られたのはあれが初めてで、今思い出すと羞恥《しゅうち》のためか身体が妙に熱くなってしまう。けれど……相手が友達だったからか、はしたなかったと思いこそすれ、見られて嫌という気持ちはとても薄かった。

それよりも、あの時は自分の信じられない行為を隠す方に意識がいっていて——

「…………」

チラリと視線を向けると、ベッド横のサイドテーブルの上に、折り畳まれたシャツが置かれているのが目に入る。

私の服は新浜君のお家《うち》で干してもらっていたのだけど、一晩経ってもまだ湿っていたので、私は図々《ずうずう》しくも新浜君のシャツを着たまま帰宅した。

当然ながら後で返す予定であり、冬泉さんが洗濯とアイロンがけをした上で畳んでくれているのだけど……。

「これ、早く返さないとですね……」

言いながら、私はベッドに腰掛けたままサイドテーブル上のシャツへと指を這《は》わす。

その手遊びみたいな行為に、どんな意味があるのか自分でもわからない。

けれど、何故《なぜ》か止まらない。繊維を指先でなぞる事で、欠乏している何かが僅《わず》かながら供給されていく感覚だけがあり、ただ無心に指で触れてしまう。

何がそんなにも心を惹《ひ》きつけるのか、このシャツにずっと触れていたいという欲求が私の中に満ちていた。

(――はっ⁉　わ、私ったら何をしているんですか⁉　せっかくアイロンがけまで終わっているのに触りすぎです！　し、シワとかできていませんよね⁉)

私は我に返って、シワができていないか確認すべくシャツを手に取って顔に近づけた。

幸い、形は崩れておらず心配はなさそうだけど――

「あ……」

シャツを顔に近づけた事により、ふとそれは鼻孔をくすぐった。

昨日このシャツに袖《そで》を通した時も感じた……新浜君の匂い。

女の子とは違う、男の子の匂い。

それはごく当たり前の事を——彼が美月《みつき》さんや舞《まい》さんとは違う、男子のお友達だという事を強く意識させる。

そうして、その匂いはさらに昨日の記憶を呼び覚ます。

あのソファで一緒に眠った一夜。

ゴツゴツとした彼の胸板に、頭を預けて眠った感触を覚えている。

女の子のそれよりも高く感じる体温と、今手にしているシャツと同じ匂い。それらを感じながらまどろんで、安らぎの中で目覚めたあの朝を。

(〜〜〜〜っ⁉　え、え⁉　な、なんなんですかこの気持ち⁉　どうして今になってこんなに恥ずかしくなっているんですか私⁉)

今朝新浜君におはようと告げた時も、お母様達に昨日の出来事を話した時も、こんなに胸の奥から溢れてしまいそうな羞恥心《しゅうちしん》は感じていなかった。

それなのに今は……新浜君と触れ合った様々な場面が頭に巡り、頭から湯気が出てしまいそうな程に心が沸騰してしまっている。

「〜〜〜〜っ！」

ドキドキと、心臓が暴れるような鼓動を刻んで、芯《しん》から身体が熱くなる。

私はそんな自分の状態に戸惑いつつ、新浜君のシャツを手放してベッドへ転がった。

悶《もだ》えるような心を抱えたまま、まるで身体に点《つ》いた見えない火を消そうとするかのように、マットの上をゴロゴロと転がる。

「……はぁ……はぁ……ふぅ、本当に、最近は未知の事ばかりです……」

ひとしきりジタバタした私は、自分の心がままならないという今までなかった経験に呟きを漏らした。

本当に、最近は新しい事ばかりだった。

予想もしなかった日々、変わりゆく日常、未知でありながら宝石のように感じる自分の気持ち。どれも目新しくて、とても尊い。

新浜君とよく話すようになってから、私はずっと変わり続けている。

まるで決まったレールをなぞっているかのように代わり映えしなかった私の未来は、今はもう明日ですら予測不可能になっている。

そんな変化を与えてくれた男の子を、私は想う。

彼の声が、彼の眼差しが、彼の顔が……無数の泡のように私の心に浮かんでは弾《はじ》ける。

またお話したいと、また隣にいたいと、切々とそう思う。

「本当に変です私……離れて一日も経ってないのに……」

昂ぶった感情のままに手放していたシャツを、再び手に取る。

そうする事によって、新浜君の存在を強く感じられる気がした。

「新浜君……」

呟くその名前だけで、自分の心が弾んでいるようにすら思える。

「またすぐに……会いたいです」

少なからず新浜君もそう思っていてくれたら素敵だなと思いつつ——夜の静けさの中で、私は自分の心を素直に口にした。

あとがき

このたびは「陰キャだった俺の青春リベンジ」の3巻をお買い上げ頂きありがとうございます！　WEB原作が凄《すご》い勢いで消費されていく事にビビりつつも、巻数を重ねられるのは格別の喜びです。

しかし3巻を書いていて思ったのですが、本作はどの巻も前半と後半の二部構成になりがちですね。そして今回の前半は球技大会編となっていますが……読者の皆様は運動がお好きでしょうか？　ちなみに作者は怨念《おんねん》が迸《ほとばし》る勢いで苦手です。小二の時のドッジボールで俺のメガネを粉砕した山下君は一生許さない。

さて、本作のメディアミックスが二点ほど始動しており、実にありがたい限りです。

一点はオーディオブックの販売開始で、このあとがきを書いている時点ではListenGo様より1巻が発売されております。朗読担当は声優の石川由依《いしかわゆい》様（出演作：『進撃の巨人』ミカサ・アッカーマン役、『ヴァイオレット・エヴァーガーデン』ヴァイオレット・エヴァーガーデン役など）です！

もう一点はコミカライズであり、はしば先生により月刊コンプエースにて連載開始予定となっております！

自分の作品がオーディオブック化及び漫画化を果たすなど、これまで経験がなかった事だけに歓喜に堪えません。本当に人生何が起こるかわかりませんね。

なお、前巻では次巻から夏休み編が始まる事を示唆しており、本巻からその通りとなっているのですが……実は今回は夏休み前半戦とも言える部分でして、後半には海編というものがあります。

この3巻が売れれば海編に突入→たん旦様に水着の春華（多分風見原と筆橋も）を描いて頂くという野望が実現するのですが、いかんせん3巻の売上げが不十分だとそういった寄り道的なエピソードは高確率で割愛されてしまいます（マジです）。

という訳で恥も外聞もなくお願いしますが、皆様どうかこの3巻を買ってください（直球）。もうちょっと続けたいので、支援と考えて頂ければ幸いです……！

と、なんか生々しい話になってしまいましたが、ふと思えばそもそも自分がスニーカー文庫様で作品を出している事自体が嘘みたいですね。

かつて『涼宮《すずみや》ハルヒの憂鬱《ゆううつ》』や『薔薇《ばら》のマリア』にハマっていた少年の自分に「お前も将来同じレーベルからラノベを出すんやで」と言ったらどんな顔になるやら。

しかし本当にラブコメはもっと勉強しておくべきだったなぁと思います。昔から純粋な（バトル要素とかのない）ギャルゲーやラブコメにはあまり手をつけていなかったので、自分の引き出しの少なさに愕然《がくぜん》とします。

では、恒例ながらそろそろ謝辞を申し上げます。

スニーカー文庫担当編集の兄部様。いつもありがとうございます。提出した原稿について、いつも熱心に美点を上げて頂いてかなりモチベーションに繋《つな》がっております。

担当イラストレーターのたん旦様。今回の表紙絵である春華の体操服姿は作者的にとんでもないインパクトであり、思わず拝んでしまいました。

そして、WEBで応援して頂いた方々やこの本を手に取って頂いた方全てに感謝を申し上げます。

…………さて、またしても字数が余ったので好き勝手に埋めます。

PS5をゲットしたぞおおおおおおおおお！　抽選に破れた回数はもはや数えきれず早二年！　いくつものアプリをインストールして何度も何度も応募を繰り返す日々を越えて、やっと手に入ったぜ……！

まあだからって、エルデンリングをプレイする余裕なんてなかなか生まれないけどさぁ！　消費したい娯楽は山のようにあるのに、時間がないよ！（泣）

時間と言えば一日一万字かける人とかネット上にちらほらいるみたいだけど、ただただ尊敬しかない。なんなの？　そこまでの速筆って強化人間か何かなの？

俺も十日で一冊のラノベが書けるようになって、余裕のある作家生活をしたい……。

……さて、お見苦しい心中の吐露がありましたが、そろそろお別れです。

陰リベ４巻で皆様にお会いできることを切に願います。
ではまた～。

慶野由志

陰《いん》キャだった俺《おれ》の青春《せいしゅん》リベンジ3
天使《てんし》すぎるあの娘《こ》と歩《あゆ》むRe《り》ライフ

著　慶《けい》野《の》由《ゆう》志《じ》

角川スニーカー文庫　23350

2022年10月1日　初版発行
2023年6月25日　4版発行

発行者　山下直久
発　行　株式会社KADOKAWA
〒102-8177 東京都千代田区富士見2-13-3
電話　0570-002-301（ナビダイヤル）

印刷所　株式会社KADOKAWA
製本所　株式会社KADOKAWA

◆◇◇

●お問い合わせ
https://www.kadokawa.co.jp/（「お問い合わせ」へお進みください）
※内容によっては、お答えできない場合があります。
※サポートは日本国内のみとさせていただきます。
※Japanese text only

Printed in Japan　ISBN 978-4-04-113090-2　C0193

★ご意見、ご感想をお送りください★
〒102-8177 東京都千代田区富士見 2-13-3
株式会社KADOKAWA　角川スニーカー文庫編集部気付
「慶野由志」先生「たん旦」先生